杜牧詩選

〔唐〕杜牧 著
曾學文 編

廣陵書社
中國·揚州

圖書在版編目（CIP）數據

杜牧詩選 / (唐) 杜牧著 ; 曾學文編. -- 揚州 : 廣陵書社, 2019.1 (2020.8 重印)
(經典國學讀本)
ISBN 978-7-5554-1166-6

Ⅰ. ①杜… Ⅱ. ①杜… ②曾… Ⅲ. ①唐詩－詩集 Ⅳ. ①I222.742

中國版本圖書館CIP數據核字(2018)第288219號

書　　名　杜牧詩選
著　　者　〔唐〕杜牧 著　曾學文 編
責任編輯　王志娟
出 版 人　曾學文
裝幀設計　鴻儒文軒

出版發行　廣陵書社
揚州市維揚路 349 號　郵編:225009
(0514) 85228081(總編辦)　85228088(發行部)
http://www.yzglpub.com　E-mail:yzglss@163.com
印　　刷　三河市華東印刷有限公司

開　　本　880 毫米×1230 毫米　1/32
印　　張　6.375
字　　數　61 千字
版　　次　2019 年 1 月第 1 版
印　　次　2020 年 8 月第 2 次印刷
書　　號　ISBN 978-7-5554-1166-6
定　　價　35.00 圓

杜舍人

牧之為人剛直有奇節自負經濟才畧不為齷齪小謹敢論列大事指陳利病尤切少與李甘李中敏宋刓善其通古今善處成敗甘等不及有樊川集二十卷幷注孫武子十三篇其于詩情致豪邁人號小杜以別杜甫楊升菴云律詩至晚唐李義山而下惟杜牧之為𢡟宋人評其詩豪而艷宕而麗於律詩中特寓拗峭以矯時弊信然

杜牧字牧之京兆萬年人善屬文為阿房宫賦人所傳誦吳武陵薦于典貢崔郾請以第一人處之登進士制策二科授大理評事表沈傳師江西團練巡官又為牛僧孺淮南掌書記擢監察御史陞殿中侍御史内供奉追咎長慶以来朝廷措置亡術湲失山東所繫天下輕重嫌言不當位名為罪言李徳裕素奇其才遷左補闕兼史館修撰歷膳部司勲二員外郎又歷黄池睦湖四州刺史入除考功郎中知制誥遷中書舍人卒年五十

以上選自清·上官周《晚笑堂畫傳》

張好好詩 并序

牧大和三年佐故吏部沈
公江西幕好好年十三始
以善歌舞來樂籍中
後一歲公鎮宣城復置
好好於宣城籍中後二年

忽東下笙歌隨舳艫

霜凋小謝樓（樓）沙暖

句溪蒲身外任塵土

樽前且歡娛驪駐

集仙客（若作任集賢校理）諷賦期

相如轉之瑤玉珮載

山行　杜牧之

家住白雲山北徑迷路
孤橋東接樓瀟瀟暮雨
老樵落落秋風

沈惟廬

杜牧《山行》詩

以上選自明·黃鳳池輯《唐詩畫譜》

編輯説明

自上世紀九十年代始，我社陸續編輯出版一套綫裝本中華傳統文化普及讀物，名爲《文華叢書》。編者孜孜矻矻，兀兀窮年，歷經二十載，聚爲上百種，集腋成裘，蔚爲可觀。叢書以内容經典、形式古雅、編校精審，深受讀者歡迎，不少品種已不斷重印，常銷常新。

國學經典，百讀不厭，其中藴含的生活情趣、生命哲理、人生智慧，以及家國情懷、歷史經驗、宇宙真諦，令人回味無窮，啓迪至深。爲了方便讀者閲讀國學原典，更廣泛地普及傳統文化，特于《文華叢書》基礎上，重加編輯，推出《經典國學讀本》叢書。

本叢書甄選國學之基本典籍，萃精華于一編。以内容言，所選均爲家喻户曉的經典名著，涵蓋經史子集，包羅詩詞文賦、小品蒙書，琳琅滿目；以篇幅言，每種規模不大，或數種彙于一書，便于誦讀；以形式言，採用傳統版式，字大文簡，讀來令人賞心悦目；以編輯言，力求精擇良善版本，細加校勘，注重精讀原文，偶作簡明小注，或酌配古典版畫，體現編輯的匠心。

當下國學典籍的出版方興未艾，品質參差不齊。希望這套我社經年打造的品牌叢書，能爲讀者朋友閲讀經典提供真正的精善讀本。

廣陵書社編輯部

二〇一七年十二月

出版説明

杜牧（八〇三—八五三），唐代著名文學家、詩人，字牧之，晚居長安樊川别墅，號樊川居士，京兆萬年（今陝西西安）人。宰相杜佑之孫，杜從鬱之子。唐文宗大和二年進士，授宏文館校書郎、試左武衛兵曹參軍。曾爲江西、宣歙觀察使沈傳師和淮南節度使牛僧孺的幕僚，歷任監察御史，黄州、池州、睦州刺史等職，後入爲司勛員外郎，官至中書舍人。人稱杜舍人；唐中書省别名紫微省，故又稱杜紫微。其古體詩多受杜甫影響，人稱『小杜』，又與李商隱并稱『小李杜』。

杜牧的文學創作有多方成就，詩、賦、古文均稱名家。清人洪亮吉《北江詩話》謂：『有唐一代，詩文兼擅者，惟韓、柳、小杜三家。』擅長文賦，所作《阿房宮賦》爲千古傳誦之名篇。尤其是他的詩歌，在晚唐成就頗高。其古體詩題材廣闊、筆力峭健，近體詩則以文詞清麗、情韵跌宕見長。有《樊川文集》二十卷傳世，其中詩四卷。又有宋人輯補的《樊川外集》和《樊川別集》各一卷。《全唐詩》收其詩八卷。

杜牧詩以七言絶句著稱。他善于采用七絶形式，用鮮明的史論筆法，寓褒貶議論于含蓄藴藉的詩味之中，創作出許多有『二十八字史論』之譽的優秀作品，如《唐詩絶句類選》評《過華清宮絶句三首》其一爲：『此賦當時女寵之盛，而今日凄凉之意于言外見之。』杜牧咏史懷古的七絶多寫得才氣縱横，雖爲悼古傷今，却在峭健之中有風華流美之致，創造出優美明快的意境，透露出一種俊爽之氣。杜牧又是一位頗解風情的才子，他的離情傷別詩，如『多情却似總無情』（《贈別二首》其二），將離愁別緒之感抒發到極致。杜牧的紀行、寫景詩善于選取清新明朗的景物來抒懷，筆調清新飄逸，不落窠臼，用色彩鮮明而極具流動感的語言，創造出情景交融的優美詩境，如《山行》，富于詩情畫意，意境優美，明麗而有立體感的清新畫面給人美妙的藝術感受。

晚唐詩歌的總的趨向是藻繪綺密，杜牧受時代風氣影響，也有注重辭采的一面。這種重辭采的傾向和他個人『雄姿英發』的特色相結合，使他的詩風華流美而又神韵疏朗，氣勢豪宕而又精緻婉約。

我社此次編輯出版《杜牧詩選》，主要參考清人馮集梧《樊川詩集注》，同時參校其他通行諸本，從中精選出杜牧詩中具有代表性的詩作，并略作簡注，附録歷代名家詩評，以便讀者閱讀鑒賞。

廣陵書社編輯部　二〇一八年十一月

目録

杜秋娘詩并序

杜秋，金陵女也。年十五，爲李錡妾。後錡叛滅，籍之入宫，有寵于景陵〔一〕。穆宗即位，命秋爲皇子傅姆。皇子壯，封漳王。鄭注用事，誣丞相欲去己者，指王爲根。王被罪廢削，秋因賜歸故鄉。予過金陵，感其窮且老，爲之賦詩。

京江〔二〕水清滑，生女白如脂。其間杜秋者，不勞朱粉施。老濞〔三〕即山鑄，後庭千雙眉。秋持玉斝〔四〕醉，與唱金縷衣。濞既白首叛，秋亦紅泪滋。吴江落日渡，灞岸緑楊垂。聯裾見天子，盼眄〔五〕獨依依。椒壁〔六〕懸錦幕，鏡奩蟠蛟螭。低鬟認新寵，窈裊復融怡。月上白璧門，桂影凉參差。金階露新重，閑捻紫簫吹。莓苔夾城路，南苑雁初飛。紅粉羽林仗，獨賜辟邪旗。歸來煮豹胎，饜飫〔七〕不能飴。咸池升日慶，銅雀分香悲。雷音後車遠，事往落花時。燕禖〔八〕得皇子，壯髮緑緌緌〔九〕。畫堂授傅姆，天人親捧持。虎睛珠絡褓，金盤犀鎮帷。長楊射熊羆，武帳弄啞咿。漸抛竹馬劇，稍出舞雞奇。嶄嶄整冠珮，侍宴坐瑶池。眉宇儼圖畫，神秀射朝輝。一尺桐偶人，江充〔十〕知自欺。王幽茅土削，秋放故鄉歸。觚棱拂斗極，迴首尚遲遲。四朝三十載，似夢復疑非。潼關識舊吏，吏髮已如絲。却喚吴江渡，舟人那得知。歸來四鄰改，茂苑草菲菲。清血灑不盡，仰天知問誰。寒衣一匹素，夜借鄰人機。我昨金陵過，聞之爲歔欷。自古皆一貫，變化安能推。夏姬〔一一〕滅兩國，逃作巫臣姬。西子下姑蘇，一舸逐鴟夷〔一二〕。織室魏豹俘〔一三〕，作漢太平基。誤置代籍中，兩朝尊母儀〔一四〕。光武紹高祖，本係生唐兒。珊瑚破高齊，作婢舂黄糜。

蕭后去揚州，突厥爲閼氏。女子固不定，士林亦難期。射鈎後呼父，釣翁王者師。無國要孟子，有人毀仲尼。秦因逐客令，柄歸丞相斯。安知魏齊首，見斷簀中尸。給喪蹶張〔一五〕輩，廊廟冠峨危。珥貂七葉貴，何妨戎虜支。蘇武却生返，鄧通終死飢。主張既難測，翻覆亦其宜。地盡有何物，天外復何之。指何爲而捉，足何爲而馳。耳何爲而聽，目何爲而窺。己身不自曉，此外何思惟。因傾一樽酒，題作杜秋詩。愁來獨長咏，聊可以自怡。

選注：

〔一〕景陵：唐憲宗，死後葬景陵。穆宗爲其第三子。

〔二〕京江：長江流經京口（今鎮江）北的一段，稱京江。

〔三〕老濞：西漢吴王劉濞，曾在封國即山鑄錢，煮海水爲鹽，以故國家富足。

〔四〕玉斝：古代玉製的酒器。斝（音甲），酒器，圓口、平底、三足。

〔五〕盼眄：顧盼。眄（音勉），視，看。

〔六〕椒壁：以椒和泥所塗之墻壁，温而芬芳。多指后妃居室。

〔七〕饜飫：飽食，飽足。飫（音欲），古代貴族家庭私宴。

〔八〕燕禖：古代帝王于春暖燕來之日祀禖神以求嗣。禖（音媒），古代求子之祀；或謂主管嫁娶之禖神。

〔九〕緌緌：物下垂貌。緌（音蕤），古代冠帶打結後下垂的部分。

〔十〕江充：漢武帝近臣，于太子宫行巫蠱之術構陷太子。

〔一一〕夏姬：春秋時鄭穆公之女，嫁予陳國夏御叔爲妻。美貌風流，幾致陳亡。

〔一二〕鴟夷：皮革製的口袋。史載范蠡助越滅吴後，乘扁舟浮于江湖，自號鴟夷子皮。

〔一三〕織室魏豹俘：謂漢軍俘虜項羽部將魏豹，劉邦于織室見豹妻薄姬，納爲嬪妃，生文帝，開創文景之治。

〔一四〕兩朝尊母儀：謂漢文帝皇后竇氏，生景帝，于景帝、武帝兩朝尊爲皇太后、太皇太后。

〔一五〕給喪蹶張：給喪謂漢周勃，年輕時曾爲人吹簫給喪事；蹶張謂漢申屠嘉，初入伍時爲材官蹶張，即脚踩踏弓弩發射箭的小兵。

彙評：

清·賀貽孫《詩筏》：杜牧之作《杜秋娘》五言長篇，當時膾炙人口，李義山所謂『杜牧司勛字牧之，清秋一首《杜秋詩》。前身應是梁江總，名總還會字總持』是也。余謂牧之自有佳處，此詩借秋娘以嘆貴賤盛衰之倚伏，雖亦感慨淋漓，然終嫌其語意太盡。層層引喻，層層議論，仍是作《阿房宫賦》本色，遂使漢魏渾涵之意，漸至澌滅，是亦五言古之一變。

清・賀裳《載酒園詩話又編》：杜紫微詩，唯絶句最多風調，味永趣長，有明月孤映、高霞獨舉之象，餘詩則不能耳。昔人多稱其《杜秋詩》，今觀之，真如暴漲奔川，略少渟泓澄澈。如叙秋入宫，漳王自少及壯，以至得罪廢削，如『一尺桐偶人，江充知自欺』，語亦可觀。但至『我昨金陵過，聞之爲歔欷』，詩意已足。後却引夏姬、西子、薄后、唐兒、吕、管、孔、孟，滔滔不絶，如此作詩，十紙難竟。至後『指何爲而捉，足何爲而馳。耳何爲而聽，目何爲而窺』，所爲雅人深致何在？此詩不敢攀《琵琶行》之踵。或曰以備詩史，不可從篇章論，則前半吾無敢言，後終不能不病其衍。

張好好詩并序

牧大和三年，佐故吏部沈公江西幕。好好年十三，始以善歌來樂籍中。後一歲，公移鎮宣城，復置好好于宣城籍中。後二歲，爲沈著作述師，以雙鬟納之。後二歲，于洛陽東城重睹好好，感舊傷懷，故題詩贈之。

君爲豫章姝，十三才有餘。翠茁鳳生尾，丹葉蓮含跗。高閣倚天半，章江聯碧虛。此地試君唱，特使華筵鋪。主人顧四座，始訝來踟躕。吴娃〔一〕起引贊，低徊映長裾。雙鬟可高下，才過青羅襦。盼盼乍垂袖，一聲雛鳳呼。繁弦迸關紐，塞管裂圓蘆。衆音不能逐，裊裊穿雲衢。主人再三嘆，謂言天下殊。贈之天馬錦，副以水犀梳。龍沙〔二〕看秋浪，明月游朱湖。自此每相見，三日已爲疏。玉質隨月滿，艷態逐春舒。絳唇漸輕巧，雲步轉虛徐。旌旆〔三〕忽東下，笙歌隨舳艫。霜凋謝樓樹，沙暖句溪〔四〕蒲。身外任塵土，樽前極歡娛。飄然集仙客，諷賦欺相如。聘之碧瑤珮，載以紫雲車。洞閉水聲遠，月高蟾影孤。爾來未幾歲，散盡高陽徒〔五〕。洛城重相見，婥婥爲當壚。怪我苦何事，少年垂白鬚。朋游今在否，落拓更能無。門館慟哭後，水雲秋景初。斜日挂衰柳，涼風生座隅。灑盡滿襟淚，短歌聊一書。

選注：

〔一〕吴娃：吴地美貌女子。

〔二〕龍沙：在豫章（今南昌）城西北贛水之濱，傳説其地時見龍迹。

〔三〕旌旆（音佩）：旗幟，代指軍隊。

〔四〕句溪：水名，在今安徽宣城。

〔五〕高陽徒：秦末高陽人酈食其曾對劉邦自稱『高陽酒徒』，後指嗜酒而放蕩不羈者。高陽在今河南杞縣。

冬至日寄小侄阿宜詩

小侄名阿宜，未得三尺長。頭圓筋骨緊，兩臉明且光。去年學官人，竹馬繞四廊。指揮群兒輩，意氣何堅剛。今年始讀書，下口三五行。隨兄旦夕去，斂手整衣裳。去歲冬至日，拜我立我旁。祝爾願爾貴，仍且壽命長。今年我江外，今日生一陽〔一〕。憶爾不可見，祝爾傾一觴。陽德比君子，初生甚微茫。排陰出九地，萬物隨開張。一似小兒學，日就復月將〔二〕。勤勤不自已，二十能文章。仕宦至公相，致君作堯湯。我家公相家，劍佩嘗丁當。舊第開朱門，長安城中央。第中無一物，萬卷書滿堂。家集二百編，上下馳皇王。多是撫州寫，今來五紀强。尚可與爾讀，助爾爲賢良。經書括根本，史書閱興亡。高摘屈宋艷，濃薰班馬香。李杜泛浩浩，韓柳摩蒼蒼。近者四君子，與古争强梁〔三〕。願爾一祝後，讀書日日忙。一日讀十紙，一月讀一箱。朝廷用文治，大開官職場。願爾出門去，取官如驅羊。吾兄苦好古，學問不可量。晝居府中治，夜歸書滿床。後貴有金玉，必不爲汝藏。崔昭生崔蕓，李兼生窟郎。堆錢一百屋，破散何披猖。今雖未即死，餓凍幾欲僵。參軍與縣尉，塵土驚劻勷〔四〕。一語不中治，笞棰身滿瘡。官罷得絲髮，好買百樹桑。税錢未輸足，得米不敢嘗。願爾聞我語，歡喜入心腸。大明帝宫闕，杜曲我池塘。我若自潦倒，看汝争翱翔。總語諸小道，此詩不可忘。

選注：

〔一〕生一陽：謂冬至，其後白天漸長，故冬至又稱一陽生。

〔二〕日就復月將：每天有成就，每月有進步。形容精進不止。

〔三〕强梁：勇武，有力。

〔四〕劻勷（音匡瓤）：惶恐不安的樣子。

雪中書懷

臘雪一尺厚，雲凍寒頑痴。孤城〔一〕大澤畔，人疏烟火微。憤悱欲誰語，憂慍不能持。天子號仁聖，任賢如事師。凡稱曰治具，小大無不施。明庭開廣敞，才隽受羈維。如日月恒〔二〕升，若鸞鳳葳蕤。人才自朽下，弃去亦其宜。北虜壞亭障，聞屯千里師。牽連久不解，他盜恐旁窺。臣實有長策，彼可徐鞭笞。如蒙一召議，食肉寢其皮。斯乃廟堂事，爾微非爾知。向來躐等語，長作陷身機。行當臘欲破，酒齊〔三〕不可遲。且想春候暖，瓮間傾一厄。

選注：

〔一〕孤城：指黃州，在雲夢澤畔。作者時任黃州刺史。

〔二〕恒：謂月上弦。《詩經·小雅》：『如月之恒，如日之升。』

〔三〕酒齊：古代依酒之清濁分爲五等，稱五齊：一曰泛齊，二曰醴齊，三曰盎齊，四曰緹齊，五曰沈齊。

偶游石盎僧舍 宣州作

敬岑〔一〕草浮光，句沚〔二〕水解脉。益鬱乍怡融，凝嚴忽頹坼。梅顦〔三〕暖眠酣，風緒和無力。鳧浴漲汪汪，雛嬌村冪冪。落日美樓臺，輕烟飾阡陌。瀲緑古津遠，積潤苔基釋。孰謂漢陵人，來作江汀客。載筆念無能，捧篝慚所畫。任轡偶追閑，逢幽果遭適。僧語淡如雲，塵事繁堪織。今古幾輩人？而我何能息。

選注：

〔一〕敬岑：敬亭山，在安徽宣州城北。山小而高者曰岑。

〔二〕句沚：即句溪。見前注。

〔三〕纇（音類）：絲之節。

獨酌

長空碧杳杳，萬古一飛鳥。生前酒伴閑，愁醉閑多少。烟深隋家寺，殷葉暗相照。獨佩一壺游，秋毫泰山小。

彙評：

清·潘德輿《養一齋詩話》：史稱其（牧之）剛直有大節，余觀其詩，亦伉爽有逸氣，實出李義山、温飛卿、許丁卯諸公上。如『樓倚霜樹外，鏡滅無一毫。南山與秋色，氣勢兩相高』『長空碧杳杳，萬古一飛鳥……獨佩一壺游，秋毫泰山小』『寒空動高吹，月色滿清砧……又寄徵衣去，迢迢天外心』『長空澹澹孤鳥没，萬古銷沉向此中。看取漢家何事業，五陵無樹起秋風』，皆竟體超拔，俯視一切。烏可以『玉筯凝時紅粉和』『滿街含笑綺羅春』等句盡其生平耶？

題安州浮雲寺樓寄湖州張郎中

去夏疏雨餘，同倚朱欄語。當時樓下水，今日到何處。恨如春草多，事與孤鴻去。楚岸柳何窮，别愁紛若絮。

過驪山作

始皇東游出周鼎，劉項縱觀皆引頸。削平天下實辛勤，却爲道旁窮百姓。黔首不愚爾益愚，千里函關囚獨夫。牧童火入九泉底，燒作灰時猶未枯。〔一〕

選注：

〔一二〕牧童二句：史載曾有羊群誤入秦始皇陵地穴，牧童持火把找尋，失火燒毀其棺椁。

題宣州開元寺 寺置于東晋時

南朝謝朓樓，東吴最深處。亡國去如鴻，遺寺藏烟塢。樓飛九十尺，廊環四百柱。高高下下中，風繞松桂樹。青苔照朱閣，白鳥兩相語。溪聲入僧夢，月色暉粉堵。閱景無旦夕，憑欄有今古。留我酒一樽，前山看春雨。

大雨行 開成三年，宣州開元寺作

東垠黑風駕海水，海底卷上天中央。三吴六月忽凄慘，晚後點滴來蒼茫。錚棧雷車軸轍壯，矯躍蛟龍爪尾長。神鞭鬼馭載陰帝〔一〕，來往噴灑何顛狂。四面崩騰玉京仗，萬里縱横羽林槍。雲纏風束亂敲磕，黄帝未勝蚩尤强。百川氣勢苦豪俊，坤關密鎖愁開張。大和六年亦如此，我時壯氣神洋洋。東樓聳首看不足，恨無羽翼高飛翔。盡召邑中豪健者，闊展朱盤開酒場。奔觥槌鼓助聲勢，眼底不顧纖腰娘。今年闒茸〔二〕鬢已白，奇游壯觀唯深藏。景物不盡人自老，誰知前事堪悲傷？

選注：

〔一〕陰帝：即女媧。《淮南子》：『女媧鍊五色石以補天。』注：『女媧陰帝，佐伏羲治者也。』

〔二〕闒（音榻）茸：指庸庸碌碌、無所作爲的人。

彙評：

宋·葛立方《韵語陽秋》：詩人比雨，如絲如膏之類甚多；至爲此，恐未盡其形似……《大雨行》云：『四面崩騰玉京仗，萬里横亘羽林槍。』豈去國凄斷之情，不能忘鷄翹豹尾中邪？

自宣州赴官入京，路逢裴坦判官歸宣州，因題贈

敬亭山下百頃竹，中有詩人小謝城。城高跨樓滿金碧，下聽一溪寒水聲。梅花落徑香繚繞，雪白玉璫花下行。縈風酒旆挂朱閣，半醉游人聞

弄笙。我初到此未三十，頭腦釤利〔一〕筋骨輕。畫堂檀板秋拍碎，一引有時聯十觥。老閑腰下丈二組〔二〕，塵土高懸千載名。重游鬢白事皆改，唯見東流春水平。對酒不敢起，逢君還眼明。雲罍看人捧，波臉任他橫。一醉六十日，古來聞阮生。是非離别際，始見醉中情。今日送君話前事，高歌引劍還一傾。江湖酒伴如相問，終老烟波不計程。

選注：

〔一〕釤利：清爽。釤（音扇）：鐮刀，喻鋒利。

〔二〕組：繫官印的寬絲帶，代指官印。

村行

春半南陽西，柔桑過村塢。裊裊垂柳風，點點迴塘雨。蓑唱牧牛兒，籬窺茜裙女。半濕解征衫，主人饋鷄黍。

史將軍二首（選一）

壯氣蓋燕趙，耽耽魁杰人。彎弧五百步，長戟八十斤。河湟非内地，安史有遺塵。何日武臺坐，兵符授虎臣？

華清宮三十韻

綉嶺明珠殿，層巒下繚墻。仰窺丹檻影，猶想赭袍光。昔帝登封後，中原自古强。一千年際會，三萬里農桑。几席延堯舜，軒墀接禹湯。雷霆馳號令，星斗焕文章。釣築〔一〕乘時用，芝蘭在處芳。北扉〔二〕閑木索，南面〔三〕富循良。至道〔四〕思玄圃〔五〕，平居厭未央。鈎陳〔六〕裹岩谷，文陛壓青蒼。歌吹千秋節，樓臺八月凉。神仙高縹緲，環佩碎丁當。泉暖涵窗鏡，雲嬌惹粉囊。嫩嵐滋翠葆，清渭照紅妝。帖泰生靈壽，歡娱歲序長。月聞仙曲調，霓作舞衣裳。雨露偏金穴，乾坤入醉鄉。玩兵師漢武，迴手倒干將〔七〕。鯨鬣掀東海，胡牙揭上陽。喧呼馬嵬血，零落羽林槍。傾國留無路，還魂怨有香。蜀峰横慘澹，秦樹遠微茫。鼎重山難轉，天扶業更昌。望賢餘故老〔八〕，花萼舊池塘。往事人誰問，幽襟泪獨傷。碧檐斜送日，殷葉半凋霜。迸水傾瑶砌，疏風罅玉房。塵埃羯鼓索，片段荔枝筐。鳥啄摧寒木，蝸涎蠹畫梁。孤烟知客恨，遥起泰陵傍。

選注：

〔一〕釣築：釣指吕尚，嘗垂釣于渭水之濱，後助武王興周。築指商武丁大臣傅説，早期爲築墻之奴隸。

〔二〕北扉：漢代囚禁犯人之所。

〔三〕南面：古代帝王南面而坐，因代稱帝王，亦指朝廷。

〔四〕至道：指唐玄宗，其謚號爲『至道大聖大明孝皇帝』，亦稱明皇。

〔五〕玄圃：傳説中神仙所居之所。此指華清宫。

〔六〕鈎陳：星宿名，即北極星。代指后宫。

〔七〕干將：傳説中吴人干將與其妻莫邪所鑄寶劍。此指兵權。

〔八〕望賢句：玄宗爲避叛軍西奔蜀，途經咸陽東望賢驛，有父老獻食。

彙評：

宋·張戒《歲寒堂詩話》：往年過華清宫，見杜牧之、温庭筠二詩，俱刻石于浴殿之側，必欲較其優劣而不能。近讀庭筠詩，乃知牧之之工，庭筠……與牧之之詩不可同日而語也……《華清宫三十韵》鏗鏘飛動，極叙事之工。

宋·周紫芝《竹坡詩話》：杜牧之《過華清宫三十韵》，無一字不可入意。其叙開元一事，意直而詞隱，曄然有騷雅之風。至『一千年際會，三萬里農桑』之語，置此詩中，如伶優與嵇、阮并席而談，豈不敗人意哉！

長安雜題長句六首（選四）

晴雲似絮惹低空，紫陌微微弄袖風。韓嫣金丸莎覆緑，許公韉汗杏黏紅。宇文述封許國公，制馬韉，于後角上缺方三寸，以露白色，時謂許公缺勢。烟生窈窕深東第〔一〕，輪撼流蘇下北宫〔二〕。自笑苦無樓護〔三〕智，可憐鉛槧竟何功〔四〕。

選注：

〔一〕東第：長安城東貴族王侯所居府第。

〔二〕北宫：在長安未央宫北，爲貴族王公游玩之所。

〔三〕樓護：字君卿，西漢末齊人。善言談，多交結權貴。

〔四〕可憐句：西漢揚雄不事逢迎，唯喜懷鉛提槧治學。

雨晴九陌鋪江練，嵐嫩千峰叠海濤。南苑草芳眠錦雉，夾城雲暖下霓旌。少年羈絡青紋玉，游女花簪紫蒂桃。江碧柳深人盡醉，一瓢顔巷日空高。

彙評：

清·王夫之《唐詩評選》：琢處見情，率處見真。

清·金聖嘆《貫華堂選批唐才子詩》：『江練』『海濤』，寫出勝地；『草芳』『雲暖』，寫出良辰。又及『南苑』『夾城』者，蓋其意之所指乃獨在斯也。五、六又寫少年，又寫游女，言長安以天子輦轂之下，而其男女風俗如此，此誰實開之乎？七、八自言屹然獨不爲淫風之所漸染也。

洪河清渭天池浚，太白終南地軸横。祥雲輝映漢宫紫，春光綉畫秦川明。草妒佳人鈿朶色，風迴公子玉銜聲。六飛南幸芙蓉苑，十里飄香入夾城。

彙評：

元・方回《瀛奎律髓》：詩人于四方風土皆能言之，至于長安、洛陽、鄴都、金陵帝王建都之地，則多見于懷古之作，而述今者少。牧之長安六詩，于五詩之末，各寓閑中自静之意。獨此詩前誇形勢，後叙侈麗，亦足以形容天府之盛，故取之……當其時，郊、島、元、白下世之後，張祜、趙嘏諸人皆不及牧之。蓋頗能用老杜句律，自爲翹楚，不卑卑于晚唐之酸楚凄砌也。

《貫華堂選批唐才子詩》：一，寫長安如此水；二，寫長安如此山；三、四却于如此山水中間，寫長安如此宫闕迤邐；五，寫長安如此佳麗；六，寫長安如此游俠。自一、二、三、四，漸漸寫至五、六，而後七、八方始直寫『六飛南幸』『十里聞香』。言長安如此流風遺俗，皆是上行下效也。

豐貂長組金張〔一〕輩，駟馬文衣許史〔二〕家。白鹿原頭回獵騎，紫雲樓下醉江花。九重樹影連清漢，萬壽山光學翠華。誰識大君謙讓德，一毫名利鬥蛙蟆。聖上不受徽號。

選注：

〔一〕金張：金指金日磾，張指張湯，均爲漢代功臣世家。

〔二〕許史：許爲漢宣帝皇后許氏，史爲宣帝母家，兩家均以外戚顯貴。

河湟〔一〕

元載〔二〕相公曾借箸〔三〕，憲宗皇帝亦留神。旋見衣冠就東市，忽遺弓劍〔四〕不西巡。牧羊驅馬雖戎服，白髮丹心盡漢臣。唯有涼州歌舞曲，流傳天下樂閑人。

選注：

〔一〕河湟：黃河、湟水二水合流處，即河西、隴右一帶，唐肅宗後落入吐蕃之手。

〔二〕元載：唐代宗時宰相，曾任西州刺史。

〔三〕借箸：《史記》載張良對劉邦語：『臣請藉前箸爲大王籌之。』此指元載曾就收復河湟獻策。

〔四〕忽遺弓劍：謂憲宗突然死去。

彙評：

宋・吴可《藏海詩話》：『元載相公曾借箸，憲宗皇帝亦留神。』此聯甚陋。唐人多如此……子蒼云：小杜《河湟》一篇第二聯『旋見衣冠就東市，忽遺弓劍不西巡』極佳，爲『借箸』一聯累耳。

許七侍御弃官東歸，瀟灑江南，頗聞自適，高秋企望，題詩寄贈十韵

天子綉衣吏，東吴美退居。有園同庾信，避事學相如。蘭畹晴香嫩，筠溪翠影疏。江山九秋後，風月六朝餘。錦帙開詩軸，青囊〔一〕結道書。霜岩紅薜荔，露沼白芙蕖。睡雨高梧密，棋燈小閣虚。凍醪元亮秫〔二〕，寒鱠季鷹魚〔三〕。塵意迷今古，雲情識卷舒。他年雪中棹，陽羨訪吾廬。于義興縣，近有水榭。

選注：

〔一〕青囊：晋郭璞從郭公學道，公授以青囊書，璞遂通五行天文卜筮之術。

〔二〕元亮秫：晋陶淵明字元亮，性嗜酒，任彭澤令時，悉令種秋稻。

〔三〕季鷹魚：晉張翰字季鷹，吴郡人。在洛見秋風起，因思吴中菰菜羹、鱸魚膾，遂歸鄉隱居。

李給事〔一〕二首（選一）

一章緘拜皂囊中，懍懍朝廷有古風。元禮〔二〕去歸緱氏學，江充〔三〕來見犬臺宫。紛紜白晝驚千古，鈇鑕朱殷幾一空。〔四〕曲突徙薪〔五〕人不會，海邊今作釣魚翁。

選注：

〔一〕李給事：即李中敏，與杜牧友善，曾于文宗朝上奏章請斬誣逐宰相宋申錫的奸臣鄭注。

〔二〕元禮：東漢李膺字元禮，潁川人，有氣節，因黨錮之禍遇害。

〔三〕江充：漢武帝時佞臣，曾以巫蠱事構陷太子劉據，事敗被殺。

〔四〕紛紜二句：謂『甘露之變』事，唐文宗與鄭注等密謀鏟除宦官仇士良等，事敗，仇士良大肆誅殺朝官，朝堂幾爲一空。鈇鑕（音夫治），古代腰斬時所用刑具。鈇即鍘刀，鑕爲鍘刀座。

〔五〕曲突徙薪：把烟囱改建成彎曲的，把竈旁的柴草搬走。比喻事先采取措施，纔能防止災禍。突，烟囱。

題永崇西平王宅太尉愬院六韻

天下無雙將，關西〔一〕第一雄。授符黃石老〔二〕，學劍白猿翁〔三〕。矯矯雲長勇，恂恂郤縠風。家呼小太尉，國號大梁公。太尉季弟司徒德亦封梁國公。半夜龍驤去，中原虎穴空。隴山兵十萬，嗣子握雕弓。今鳳翔李尚書太尉長子。

選注：

〔一〕關西：指函谷關以西地方。《後漢書·虞咏傳》：『關西出將，關東出相。』

〔二〕黄石老：傳説秦漢之際張良曾遇黄石公，被授《太公兵法》。

〔三〕白猿翁：傳説春秋時越國善舞劍者，稱袁公。

過勤政樓〔一〕

千秋佳節〔二〕名空在，承露絲囊世已無。唯有紫苔偏稱意，年年因雨上金鋪。

選注：

〔一〕勤政樓：唐玄宗開元初年所建，全稱『勤政務本之樓』，爲皇帝處理政務、舉行典禮之地。

〔二〕千秋佳節：開元十七年（七二九）八月五日，爲玄宗生日，丞相奏請定爲千秋節，布告天下。

彙評：

近代・俞陛云《詩境淺説續編》：開元之勤政樓，在長慶時白樂天過之，已駐馬徘徊，及杜牧重游，宜益見頹廢。詩言問其名則空稱佳節，求其物已無復珠囊，昔年壯麗金鋪，經春雨年年，已苔花綉滿矣。

早春閣下寓直，蕭九舍人亦直内署，因寄書懷四韵

御水初消凍，宫花尚怯寒。千峰横紫翠，雙闕憑欄干。玉漏輕風順，金莖淡日殘。王喬在何處，清漢正驂鸞。

秋晚與沈十七舍人期游樊川〔一〕不至

邀侶以官解，泛然成獨游。川光初媚日，山色正矜秋。野竹疏還密，岩泉咽復流。杜邨連潏水，晚步見垂鈎。

選注：

〔一〕樊川：在今陝西長安。漢樊噲食邑于此，因以得名。杜牧有别業在此。

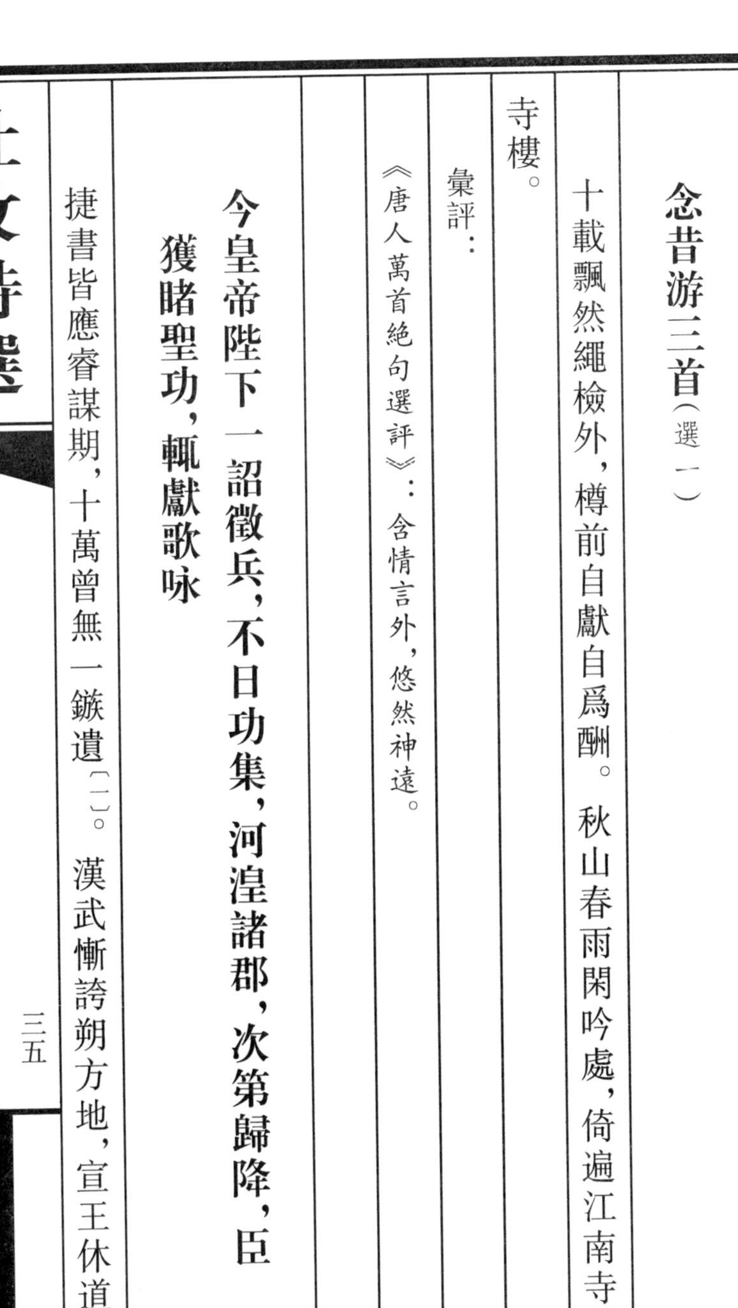

念昔游三首（選一）

十載飄然繩檢外，樽前自獻自爲酬。秋山春雨閑吟處，倚遍江南寺寺樓。

彙評：

《唐人萬首絶句選評》：含情言外，悠然神遠。

今皇帝陛下一詔徵兵，不日功集，河湟諸郡，次第歸降，臣獲睹聖功，輒獻歌咏

捷書皆應睿謀期，十萬曾無一鏃遺（一）。漢武慚誇朔方地，宣王休道

太原師。威加塞外寒來早，恩入河源凍合遲。聽取滿城歌舞曲，涼州聲韵喜參差。

選注：

〔一〕鏃遺：謂損折箭矢。借指細微的損失。

過華清宫絶句三首（選二）

長安迴望綉成堆，山頂千門次第開。一騎紅塵妃子笑，無人知是荔枝來。

彙評：

宋·謝枋得等《注解選唐詩》：明皇天寶間，涪州貢荔枝，到長安，色香不變，貴妃乃喜。州縣以郵傳疾走稱上意，人馬僵斃，相望于道。『一騎紅塵妃子笑，無人知是荔枝來』，形容走傳之神速如飛，人不見其何物也。又見明皇致遠物以悦婦人，窮人之力，絶人之命，有所不顧。如之何不亡？

新豐緑樹起黄埃，數騎漁陽探使回。帝使中使輔璆琳探禄山反否，璆琳受禄山金，言禄山不反。霓裳一曲千峰上，舞破中原始下來。

彙評：

清·黄叔燦《唐詩箋注》：『舞破中原始下來』，造句驚人，奇絶，痛絶！

清·周咏棠《唐賢小三昧集續集》：語帶詼諧，妙絶千古。

登樂游原

長空澹澹孤鳥没，萬古銷沉向此中。看取漢家何事業，五陵〔一〕無樹起秋風。

選注：

〔一〕五陵：西漢高祖長陵、惠帝安陵、景帝陽陵、武帝茂陵和昭帝平陵。

彙評：

明·高棅《唐詩品彙》：謝云：漢家基業之廣大爲何如，今日登原一望，五陵變爲荒田墅草，無樹木可以起秋風矣。盛衰無常，廢興有時，有天下者觀此，亦可以慄慄危懼。

清·陸次雲《五朝詩善鳴集》：牧之絶句，中唐中《廣陵散》也，篇篇熟于人口，其意彌新，真是曲高和寡。

《唐人萬首絶句選評》：沉鬱頓挫，感慨不盡。

聞慶州趙縱使君與黨項戰中箭身死長句

將軍獨乘鐵驄馬，榆溪戰中金僕姑〔一〕。死綏〔二〕却是古來有，驍將自驚今日無。青史文章爭點筆，朱門歌舞笑捐軀。誰知我亦輕生者，不得君王丈二殳。

選注：

〔一〕金僕姑：箭名。據《左傳》載，魯莊公曾以此箭射中南宮長萬。

〔二〕死綏：因兵敗退却而當死罪。古稱退軍曰綏。

彙評：

清・王俊臣等《唐詩鼓吹箋注》：通篇衹首二句叙題，餘俱以議論成詩，另出手眼。

清・朱三錫《東岩草堂評訂唐詩鼓吹》：夫死綏之臣，當今所無；勇敢之將，從古所有。却用反筆倒换，頓令趙公勇悍之氣，奕奕生動，雖死猶生也。

夏州崔常侍自少常亞列出領麾幢十韻

帝命詩書將，壇登禮樂卿。三邊要高枕，萬里得長城。對客猶褒博，填門已旆旌。腰間五綬貴，天下一家榮。野水差新燕，芳郊哢夏鶯。別風嘶玉勒，殘日望金莖。榆塞孤烟媚，銀川緑草明。戈矛虓〔一〕虎士，弓箭落雕兵。魏絳〔二〕言堪采，陳湯〔三〕事偶成。若須垂竹帛，静勝是功名。

選注：

〔一〕虓（音肖）：虎怒吼。

〔二〕魏絳：春秋時晋國卿，曾向晋悼公建言并實施和戎之策。

〔三〕陳湯：西漢將領，曾出使西域，與甘延壽矯制徵討郅支單于，誅殺之。

街西長句

碧池新漲浴嬌鴉，分鎖長安富貴家。游騎偶同人鬥酒，名園相倚杏交花。銀鞦騕褭〔一〕嘶宛馬〔二〕，綉鞅璁瓏走鈿車。一曲將軍何處笛，連雲芳樹日初斜。

選注：

〔一〕騕褭：神馬名，傳説能日行萬里。

〔二〕宛馬：古代西域大宛國所産良馬。

彙評：

《唐詩鼓吹箋注》：首句先寫出『新漲浴嬌鴉』五字，襯起『碧池』。文章點染，鮮妍可喜。

清·胡本淵《唐詩近體》：（名園相倚杏交花）佳句，比『緑楊宜作兩家春』尤妙。

春申君

烈士思酬國士恩，春申誰與快冤魂。三千賓客總珠履，欲使何人殺李園。

奉陵宮人

相如死後無詞客，延壽亡來絶畫工。玉顔不是黄金少，泪滴秋山入壽宮。

讀韓杜〔一〕集

杜詩韓集愁來讀，似倩麻姑〔二〕癢處搔。天外鳳凰誰得髓？無人解合續弦膠。

選注：

〔一〕韓杜：謂韓愈與杜甫。

〔二〕麻姑：傳説中女仙名，其手形如鳥爪。據《神仙傳》載，麻姑曾至蔡經家，『經心言背大癢時，得此爪以爬背，當佳也。』

李侍郎于陽羨裏富有泉石，牧亦于陽羨粗有薄産，叙舊述懷，因獻長句四韻

冥鴻〔一〕不下非無意，塞馬歸來是偶然。紫綬公卿〔二〕今放曠，白頭郎吏〔三〕尚留連。終南山下抛泉洞，陽羨溪中買釣船。欲與明公操履杖，願聞休去是何年。

選注：

〔一〕冥鴻：高飛的鴻雁。喻避世隱居者。

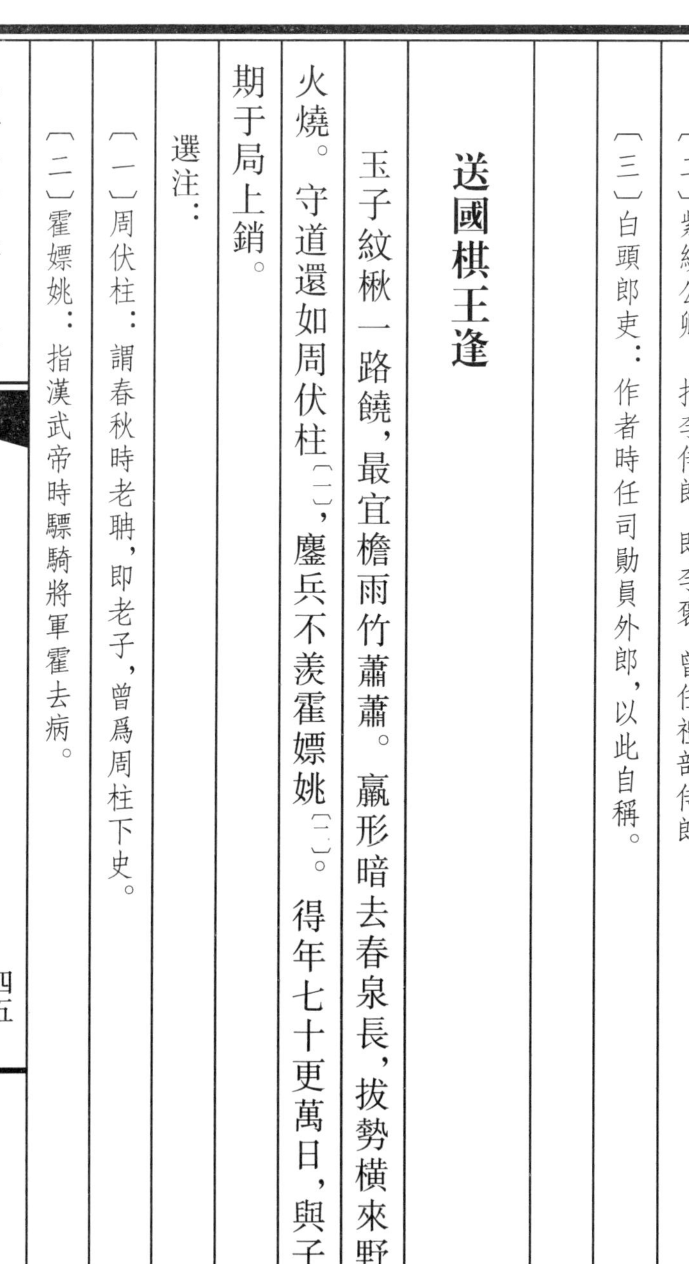

〔二〕紫綬公卿：指李侍郎，即李褒，曾任禮部侍郎。

〔三〕白頭郎吏：作者時任司勛員外郎，以此自稱。

送國棋王逢

玉子紋楸一路饒，最宜檐雨竹蕭蕭。羸形暗去春泉長，拔勢横來野火燒。守道還如周伏柱〔一〕，鏖兵不羨霍嫖姚〔二〕。得年七十更萬日，與子期于局上銷。

選注：

〔一〕周伏柱：謂春秋時老聃，即老子，曾爲周柱下史。

〔二〕霍嫖姚：指漢武帝時驃騎將軍霍去病。

重送絶句

絶藝如君天下少，閑人似我世間無。别後竹窗風雪夜，一燈明暗覆吴圖。

早春寄岳州李使君。李善棋愛酒，情地閑雅

城高倚峭巘，地勝足樓臺。朔漠暖鴻去，瀟湘春水來。縈盈幾多思，掩抑若爲裁。返照三聲角，寒香一樹梅。烏林芳草遠，赤壁健帆開。往事空遺恨，東流豈不迴。分符潁川政〔一〕，吊屈洛陽才〔二〕。拂匣調珠柱，磨鉛勘玉杯。棋翻小窟勢，壚撥凍醪醅。此興予非薄，何時得奉陪？

選注：

〔一〕潁川政：西漢潁川太守黃霸，持政寬和，深得民心，治爲天下第一。

〔二〕洛陽才：指漢賈誼，洛陽人，才思超群。

送王侍御赴夏口座主幕

君爲珠履三千客〔一〕，我是青衿七十徒〔二〕。禮數全優知隗始，討論常見念回愚。黃鶴樓前春水闊，一杯還憶故人無。

選注：

〔一〕珠履三千客：謂有謀略之人。《史記》載，楚國公子春申君養門客三千餘人，其上客皆躡珠履。

〔二〕青衿七十徒：青衿爲周代學子的服裝，古指讀書人。孔子有弟子三千人，達者七十二人。

自遣

四十已云老，况逢憂窘餘。且抽持板手，却展小年書。嗜酒狂嫌阮，知非〔一〕晚笑蘧。聞流寧嘆吒，待俗不親疏。遇事知裁剪，操心識卷舒。還稱二千石〔二〕，于我意如何？

選注：

〔一〕知非句：蘧指蘧伯玉，春秋時衛國人。《淮南子·原道》：『蘧伯玉年五十，而知四十九年之非。』

〔二〕二千石：漢郡守俸禄二千石，唐刺史與此職類。作者時任黃州刺史，故自稱。

題桐葉

去年桐落故溪上，把葉因題歸燕詩。江樓今日送歸燕，正是去年題葉時。葉落燕歸真可惜，東流玄髮且無期。笑筵歌席反惆悵，朗月清風見別離。莊叟彭殤同在夢，陶潛身世兩相遺。一九五色成虛語，石爛松薪更莫疑。哆侈不勞文似錦，進趨何必利如錐。錢神任爾知無敵，酒聖于吾亦庶幾。江畔秋光蟾閣鏡，檻前山翠茂陵眉。樽香輕泛數枝菊，檐影斜侵半局棋。休指宦游論巧拙，衹將愚直禱神祇。三吴烟水平生念，寧向閑人道所之。

沈下賢

斯人清唱何人和，草徑苔蕪不可尋。一夕小敷山下夢，水如環佩月如襟。

彙評：

《唐人萬首絶句選評》：小杜之咏下賢，猶義山之咏小杜，皆自有暗合意。

《詩境淺説續編》：前二句言獨行苔徑，清咏無人，乃懷沈下賢也。後言重過小敷山下，明月墮襟，水聲鳴珮，凝想悠然。詩意若有微波通辭之感，不類《停雲》懷友之詩。

贈沈學士[一]張歌人[二]

拖袖事當年，郎教唱客前。斷時輕裂玉，收處遠繰烟。孤直緪雲定[三]，光明滴水圓。泥情遲急管，流恨咽長弦。吳苑春風起，河橋酒旆懸。憑君更一醉，家在杜陵邊。

選注：

〔一〕沈學士：謂集賢學士沈述師，字子明。

〔二〕張歌人：即張好好，作者另有《張好好詩并序》。

〔三〕緪雲定：謂歌聲響遏行雲，典出《列子》。緪，同『亘』，連接，貫通。

憶游朱坡四韵

秋草樊川路，斜陽覆盎門。獵逢韓嫣〔一〕騎，樹識館陶園。帶雨經荷沼，盤烟下竹村。如今歸不得，自戴望天盆〔二〕。

選注：

〔一〕韓嫣：漢武帝時寵臣，善騎射，嘗招摇過市，人以爲天子。

〔二〕自戴句：借用司馬遷《報任安書》『僕以爲戴盆何以望天』語。

朱坡絶句三首（選二）

故國池塘倚御渠，江城三詔换魚書。賈生辭賦恨流落，祇向長沙住歲餘。文帝歲餘思賈生。

烟深苔巷唱樵兒，花落寒輕倦客歸。藤岸竹洲相掩映，滿池春雨鷗

鶴飛。

出宮人二首

閑吹玉殿昭華管，醉折梨園縹蔕花。十年一夢歸人世，絳縷猶封繫

臂紗。

彙評：

明·周珽等《唐詩選脉會通評林》：前追思昔時之虛寵，後嘆想今日之空花。蓋

人生幻世，榮瘁喧寂，總屬夢中，何獨宮人然？退而猶戀繫臂之紗，尤是世人常態。

平陽拊背穿馳道，銅雀分香下璧門。幾向綴珠深殿裏，妒抛羞態臥黄昏。

長安秋望

樓倚霜樹外，鏡天無一毫。南山與秋色，氣勢兩相高。

彙評：

宋·陳師道《後山詩話》：世稱杜牧『南山與秋色，氣勢兩相高』爲警絶。而子美纔用一句，語益工，曰『千崖秋氣高』也。

清·翁方綱《石洲詩話》：詩不但因時，抑且因地。如杜牧之云『南山與秋色，氣勢兩相高』，此必是陝西之終南山；若以咏江西之廬山、廣東之羅浮，便不是矣。

醉眠

秋醪雨中熟，寒齋落葉中。幽人本多睡，更酌一樽空。

杏園

夜來微雨洗芳塵，公子驊騮步貼勻。莫怪杏園憔悴去，滿城多少插花人。

春晚題韋家亭子

擁鼻侵襟花草香，高臺春去恨茫茫。蔫紅半落平池晚，曲渚飄成錦一張。

雪晴訪趙嘏街西所居三韵

命代風騷將，誰登李杜壇。少陵鯨海動，翰苑鶴天寒。今日訪君還有意，一條冰雪獨來看。

將赴吳興登樂游原一絶

清時有味是無能，閑愛孤雲静愛僧。欲把一麾江海去，樂游原上望昭陵。

彙評：

清·張文蓀《唐賢清雅集》：昭陵爲唐創業守成英主，後世子孫陵夷不振，故牧之于去國時登高寄慨，詞意渾含，得風人遺意。

《詩境淺説續編》：司勛將遠宦吴興，登樂游原而遥望昭陵，追懷貞觀，有江湖魏闕之思。前二句詩意尤深。

洛陽長句二首

草色人心相與閑，是非名利有無間。橋横落照虹堪畫，樹鎖千門鳥自還。芝蓋不來雲杳杳，仙舟何處水潺潺？君王謙讓泥金事〔一〕，蒼翠空高萬歲山。

選注：

〔一〕泥金事：謂帝王封禪之事。

彙評：

《瀛奎律髓》：唐自天寶以後，不復駕幸東都，此詩有望幸之意。『樹鎖千門』一句極佳。『芝蓋』『仙舟』乃指緱山王喬事及李、郭事，亦切。

清·查慎行《初白庵詩評》：結句得體，詞亦典贍風華。

天漢東穿白玉京〔一〕，日華浮動翠光生。橋邊游女佩環委，波底上陽金碧明。月鎖名園孤鶴唳，川酣秋夢鑿龍聲。連昌綉嶺〔二〕行宮在，玉輦何時父老迎？

選注：

〔一〕白玉京：傳説中天帝居所。此指東都洛陽。

〔二〕連昌綉嶺：唐高宗時所建二宫名，故址分别在今河南宜陽與陝縣。

東都送鄭處誨校書歸上都

悠悠渠水清，雨霽洛陽城。槿墮初開艷，蟬聞第一聲。故人容易去，白髮等閑生。此别無多語，期君晦盛名。

故洛陽城有感

一片宮墻當道危，行人爲汝去遲遲。罼圭苑裏秋風後，平樂館前斜日時。錮黨〔一〕豈能留漢鼎，清談空解識胡兒〔二〕。千燒萬戰坤靈死，慘慘終年鳥雀悲。

選注：

〔一〕錮黨：謂東漢反宦官擅權的黨錮之禍。

〔二〕清談句：晋王衍尚清談，曾觀石勒有异志，謂其將爲天下之患。

揚州三首

煬帝雷塘〔一〕土，迷藏有舊樓〔二〕。誰家唱《水調》，煬帝鑿汴渠成，自造《水調》。
明月滿揚州。駿馬宜閑出，千金好暗投。喧闐〔三〕醉年少，半脱紫茸裘。

選注：

〔一〕雷塘：在揚州城北，唐初隋煬帝自吴公臺遷葬于此。

〔二〕舊樓：指迷樓，爲煬帝所建游樂之所。

〔三〕喧闐：喧嘩，熱鬧。

彙評：

《唐賢清雅集》：絶世風調。

秋風放螢苑，春草鬥鷄臺。金絡擎雕去，鸞環拾翠來。蜀船紅錦重，越橐水沉堆。處處皆華表，淮王奈却迴。

街垂千步柳，霞映兩重城。天碧臺閣麗，風涼歌管清。纖腰間長袖，玉佩雜繁纓。柂軸[一]誠爲壯，豪華不可名。自是荒淫罪，何妨作帝京。

選注：

〔一〕柂軸：語出南朝宋鮑照《蕪城賦》『柂以漕渠，軸以昆岡』，謂揚州形勝。柂（音舵），溝通。

潤州二首

句吴亭東千里秋，放歌曾作昔年游。青苔寺裏無馬迹，綠水橋邊多酒樓。大抵南朝皆曠達，可憐東晋最風流。月明更想桓伊〔一〕在，一笛聞吹《出塞》愁。

選注：

〔一〕桓伊：字子野，東晋人，善吹笛。

彙評：

《東岩草堂評訂唐詩鼓吹》：潤州南枕大江，東連吴會，一起曰『千里秋』，便將潤州寫得分外出色；亭東一望，千里清光，不覺有感于昔年之游也；三、四承之，是因昔年而有感于目前……盛衰在目，良可慨也……杜公一生不拘細行，意氣閑逸，觀其胸中眼底，必深有旨乎晋人風味矣！

謝朓詩中佳麗地〔一〕，夫差傳裏水犀軍〔二〕。城高鐵瓮横强弩，潤州城，孫權築，號爲鐵瓮。柳暗朱樓多夢雲。畫角愛飄江北去，釣歌長向月中聞。揚州塵土試迴首，不惜千金借與君。

選注：

〔一〕佳麗地：謝朓爲南齊詩人，其《入朝曲》有『江南佳麗地，金陵帝王州』之句。

〔二〕水犀軍：吴王夫差所用穿着水犀皮軍服的軍隊。

題揚州禪智寺

雨過一蟬噪，飄蕭松桂秋。青苔滿階砌，白鳥故遲留。暮靄生深樹，斜陽下小樓。誰知竹西路，歌吹是揚州。

彙評：

清·余成教《石園詩話》：杜司勛詩『誰家唱《水調》，明月滿揚州』『誰知竹西路，歌吹是揚州』『揚州塵土試迴首，不惜千金借與君』『二十四橋明月夜，玉人何處教吹簫』『春風十里揚州路，卷上珠簾總不如』『十年一覺揚州夢，赢得青樓薄幸名』，何其善言揚州也！

近代·高步瀛《唐宋詩舉要》：結筆寫寺之幽静，尤爲得神。

西江懷古

上吞巴漢控瀟湘，怒似連山净鏡光。魏帝縫囊真戲劇，苻堅投棰更荒唐。千秋釣艇歌《明月》，萬里沙鷗弄夕陽。范蠡清塵何寂寞，好風唯屬往來商。

江南春絶句

千里鶯啼緑映紅，水村山郭酒旗風。南朝四百八十寺，多少樓臺烟雨中。

彙評：

清·黄生《唐詩摘鈔》：曰『烟雨中』，則非真有樓臺矣，感南朝遺迹之湮滅而語，特不直説……不曰樓臺已毁，而曰『多少樓臺烟雨中』，皆見立言之妙。

《唐賢小三昧集續集》：字字着色畫。此種風調，樊川所獨擅。

《唐人萬首絶句選評》：二十八字中寫出江南春景，真有吴道子于大同殿畫嘉陵山水手段，更恐畫不能到此耳。

《詩境淺説續編》：前二句言江南之景，渡江梅柳，芳信早傳，袁隨園詩所謂『十里烟籠村店曉，一枝風壓酒旗偏』，絶妙惠崇圖畫也。後言南朝寺院多在山水勝處，有四百八十寺之多，况空濛烟雨之時，罨畫樓臺，益增佳景。

將赴宣州留題揚州禪智寺

故里溪頭松柏雙，來時盡日倚松窗。杜陵隋苑已絶國，秋晚南游更渡江。

題宣州開元寺水閣，閣下宛溪，夾溪居人

六朝文物草連空，天淡雲閑今古同。鳥去鳥來山色裏，人歌人哭水

聲中。深秋簾幕千家雨，落日樓臺一笛風。惆悵無因見范蠡，參差烟樹五湖東。

彙評：

清・楊逢春《唐詩繹》：此詩言人事有變易，而清景則古今不變易。『今古同』三字，詩旨點眼，全身提筆。

清・屈復《唐詩成法》：一、二從宣州今古慨嘆而起，有飛動之勢。閑適題詩，却吊古。胸中眼中，別有緣故。氣甚豪放，晚唐不易得也。

清・薛雪《一瓢詩話》：杜牧之晚唐翹楚，名作頗多，而恃才縱筆處亦不少。如《題宣州開元寺水閣》，直造老杜門墻，豈特人稱小杜而已哉？

宣州送裴坦判官往舒州，時牧欲赴官歸京

日暖泥融雪半消，行人芳草馬聲驕。九華山路雲遮寺，清弋江村柳拂橋。君意如鴻高的的，我心懸旆正搖搖。同來不得同歸去，故國逢春一寂寥。

彙評：

《貫華堂選批唐才子詩》：杜與裴俱爲宣州判官，是時杜拜殿中侍御史、内供奉，將歸京，裴却弃官游舒州，故杜送之以是詩。一寫時，二寫别，三寫舒州路，四寫歸京路，甚明。

句溪夏日送盧霈秀才歸王屋山，將欲赴舉

野店正紛泊，繭蠶初引絲。行人碧溪渡，繫馬綠楊枝。苒苒迹始去，悠悠心所期。秋山念君別，惆悵桂花時。

彙評：

《唐詩評選》：于生新取光響，自有風味。此種亦不自晚唐始。中唐人盡弃古體，以箋疏尺牘爲詩，六義之流風凋喪盡矣。樊川力回古調，以起百年之衰，雖氣未盛昌，而擺脱時蹊，自正始之遺澤也。顧華玉稱其温厚，洵爲知言。

自宣城赴官上京

瀟灑江湖十過秋，酒杯無日不遲留。謝公城畔溪驚夢，蘇小門前柳拂頭。千里雲山何處好，幾人襟韵一生休？塵冠挂却知閑事，終把蹉跎訪舊游。

彙評：

《貫華堂選批唐才子詩》：傳稱牧之豪邁有奇節，不爲齪齪小謹，此詩見之。

春末題池州弄水亭

使君四十四，兩佩左銅魚。爲吏非循吏，論書讀底書？晚花紅艷靜，高樹緑陰初。亭宇清無比，溪山畫不如。嘉賓能嘯咏，宮妓巧妝梳。逐日愁皆碎，隨時醉有餘。偃須求五鼎〔一〕，陶祇愛吾廬〔二〕。趣向人皆异，賢豪莫笑渠。

選注：

〔一〕偃須句：偃指主父偃，漢武帝謀臣，曾説：『丈夫生不五鼎食，死即五鼎烹耳。』

〔二〕愛吾廬：晋陶淵明詩有『吾亦愛吾廬』句。

登池州九峰樓寄張祜

百感中來不自由，角聲孤起夕陽樓。碧山終日思無盡，芳草何年恨即休。睫在眼前長不見，道非身外更何求。誰人得似張公子，千首詩輕萬户侯。

彙評：

宋・王直方《王直方詩話》：小杜守秋浦，與祜爲詩友，酷愛祜《宫詞》，贈詩曰：『如何故國三千里，虚唱歌詞滿六宫。』

齊安郡晚秋

柳岸風來影漸疏，使君家似野人居。雲容水態還堪賞，嘯志歌懷亦自如。雨暗殘燈棋欲散，酒醒孤枕雁來初。可憐赤壁爭雄渡，唯有蓑翁坐釣魚。

彙評：

《貫華堂選批唐才子詩》：此詩寫盡世間無味，三復讀之，不勝嘆息。此解先寫景物亦漸盡，意氣亦漸平也。言當三春盛時，柳陰如幄，風暖如醉，使君戟門，高牙大角，此是何等盛事。乃曾幾何時，而風高柳疏，影落門静，使君蕭索遂同野人，可憐也。『還堪』，妙！雖曰不過殘山剩水，然亦何至遂盡人意。『亦自』，妙！然而見爲行歌坐嘯，實則已是聊爾應酬也。

九日齊山登高

江涵秋影雁初飛，與客携壺上翠微。塵世難逢開口笑，菊花須插滿頭歸。但將酩酊酬佳節，不用登臨恨落暉。古往今來祇如此，牛山何必獨沾衣〔二〕。

選注：

〔一〕牛山句：據《晏子春秋》載，齊景公游牛山，北臨其國城而流涕，從者亦泣。

彙評：

《瀛奎律髓》：此以『塵世』對『菊花』，開合抑揚，殊無斧鑿痕，又變體之俊者。後人得其法，則詩如禪家散聖矣。

《唐詩鼓吹箋注》：起句極妙。『江涵秋影』，俯有所思也；新雁初飛，仰有所見也。此七字中，已具無限神理，無限感慨。

《唐詩繹》：通體渾灝流轉，揮灑自然，猶見盛唐風格。

池州春送前進士蒯希逸

芳草復芳草，斷腸還斷腸。自然堪下泪，何必更殘陽。楚岸千萬里，燕鴻三兩行。有家歸不得，况舉别君觴。

齊安郡中偶題二首

兩竿落日溪橋上，半縷輕烟柳影中。多少緑荷相倚恨，一時迴首背西風。

彙評：

《唐賢清雅集》：極失意時極有趣景，極無理話極入情詩，胸中别有天地。

秋聲無不攪離心，夢澤蒹葭楚雨深。自滴階前大梧葉，干君何事動哀吟？

齊安郡後池絶句

菱透浮萍緑錦池，夏鶯千囀弄薔薇。盡日無人看微雨，鴛鴦相對浴紅衣。

題齊安城樓

嗚軋江樓角一聲，微陽瀲瀲落寒汀。不用憑欄苦迴首，故鄉七十五長亭。

彙評：

《唐詩箋注》：角聲初動，微陽將落，登樓盼望，能無故鄉之思？乃曰『不用憑欄苦迴首，故鄉七十五長亭』，則別緒茫茫，不堪迴首矣。

《詩境淺説續編》：凡客子登高，鄉山遥望，已情所難堪。今言料無歸計，不用迴頭，其心愈苦矣。

見劉秀才與池州妓别

遠風南浦萬重波，未似生離别恨多。楚管能吹柳花怨，吴姬争唱《竹枝歌》。金釵横處緑雲墮，玉箸凝時紅粉和。待得枚皋相見日，自應妝鏡笑蹉砣。

憶齊安郡

平生睡足處，雲夢澤南州。一夜風欺竹，連江雨送秋。格卑常汩汩，力學强悠悠。終掉塵中手，瀟湘釣漫流。

彙評：

《唐賢清雅集》：唐賢佳處尤在對句圓足，試看『連江雨送秋』五字是何等力量！

池州清溪

弄溪終日到黄昏，照數秋來白髮根。何物賴君千遍洗，筆頭塵土漸無痕。

即事黄州作

因思上黨三年戰，閑咏周公七月詩。竹帛未聞書死節，丹青空見畫靈旗。蕭條井邑如魚尾，早晚干戈識虎皮。莫笑一麾東下計，滿江秋浪碧參差。

寄李起居四韻

楚女梅簪白雪姿，前溪碧水凍醪時。雲罍心凸知難捧，鳳管簧寒不受吹。南國劍眸能盼眄，侍臣香袖愛僛垂。自憐窮律窮途客，正劫孤燈一局棋。

蘭溪 在蘄州西

蘭溪春盡碧泱泱，映水蘭花雨發香。楚國大夫憔悴日，應尋此路去瀟湘。

睦州四韵

州在釣臺邊，溪山實可憐。有家皆掩映，無處不潺湲。好樹鳴幽鳥，晴樓入野烟。殘春杜陵客，中酒落花前。

彙評：

近代·李慶甲《瀛奎律髓彙評》：紀昀：風致宜人。三、四今已成套，然初出自佳。六句不自然。結得淺淡有情。

秋晚早發新定

解印書千軸，重陽酒百缸。凉風滿紅樹，曉月下秋江。岩壑會歸去，塵埃終不降。懸纓未敢濯，嚴瀨碧淙淙。

除官歸京睦州雨霽

秋半吴天霽，清凝萬里光。水聲侵笑語，嵐翠撲衣裳。遠樹疑羅帳，孤雲認粉囊。溪山侵兩越，時節到重陽。顧我能甘賤，無由得自强。誤曾公觸尾，不敢夜循墻。豈意籠飛鳥，還爲錦帳郎。網今開傅燮，書舊識黄香。曾在史館四年。姹女真虚語，飢兒欲一行。淺深須揭厲，休更學張綱。

新轉南曹，未叙朝散，初秋暑退，出守吴興，書此篇以自見志

捧詔汀洲去，全家羽翼飛。喜拋新錦帳，榮借舊朱衣。且免材爲累，何妨拙有機。宋株聊自守，魯酒怕旁圍。清尚寧無素，光陰亦未晞。一杯寬幕席，五字弄珠璣。越浦黄甘嫩，吴溪紫蟹肥。平生江海志，佩得左魚〔一〕歸。

選注：

〔一〕左魚：唐代官員符節，以左魚給郡守，以右魚留郡庫，二者相合，以爲印信。

題白蘋洲

山鳥飛紅帶，亭薇拆紫花。溪光初透徹，秋色正清華。靜處知生樂，喧中見死誇。無多珪組〔一〕累，終不負烟霞。

選注：

〔一〕珪組：玉圭與印綬。引申指爵位、官職。

題茶山

山實東吴秀，茶稱瑞草魁。剖符雖俗吏，修貢亦仙才。溪盡停蠻棹，旗張卓翠苔。柳村穿窈窕，松澗度喧豗。等級雲峰峻，寬平洞府開。拂天聞笑語，特地見樓臺。泉嫩黃金涌，山有金沙泉，修貢出，罷貢即絶。牙香紫璧裁。拜章期沃日，輕騎疾奔雷。舞袖嵐侵澗，歌聲谷答回。磬音藏葉鳥，雪艷照潭梅。好是全家到，兼爲奉詔來。樹陰香作帳，花徑落成堆。景物殘三月，登臨愴一杯。重游難自克，俯首入塵埃。

不飲贈官妓

芳草正得意，汀洲日欲西。無端千樹柳，更拂一條溪。幾朵梅堪折，何人手好携。誰憐佳麗地，春恨却凄凄。

早春贈軍事薛判官

雪後新正半，春來四刻長。晴梅朱粉艷，嫩水碧羅光。弦管開雙調，花鈿坐兩行。唯君莫惜醉，認取少年場。

代吳興妓春初寄薛軍事

霧冷侵紅粉，春陰撲翠鈿。自悲臨曉鏡，誰與惜流年？柳暗霏微雨，花愁黯淡天。金釵有幾隻，抽當酒家錢。

八月十二日得替後移居霅溪館，因題長句四韵

萬家相慶喜秋成，處處樓臺歌板聲。千載鶴歸猶有恨，一年人住豈無情。夜凉溪館留僧話，風定蘇潭看月生。景物登臨閑始見，願爲閑客此閑行。

初冬夜飲

淮陽多病〔一〕偶求歡，客袖侵霜與燭盤。砌下梨花一堆雪，明年誰此憑欄干？

選注：

〔一〕淮陽多病：用漢代汲黯自喻。汲黯因直諫遷淮陽太守，托病不任事。

栽竹

本因遮日種，却似爲溪移。歷歷羽林影，疏疏烟露姿。蕭騷寒雨夜，敲劼晚風時。故國何年到，塵冠挂一枝。

梅

輕盈照溪水，掩斂下瑤臺。妒雪聊相比，欺春不逐來。偶同佳客見，似爲凍醪開。若在秦樓畔，堪爲弄玉〔一〕媒。

選注：

〔一〕弄玉：秦穆公之女，嫁予蕭史爲妻，日與吹簫作鳳鳴。

彙評：

《瀛奎律髓彙評》：查慎行：五、六二句，不必粘題，自成佳句。何義門：似齊、梁人小詩，氣力極大。落句自喻宜在天子左右也。

隋堤柳

夾岸垂楊三百里，祇應圖畫最相宜。自嫌流落西歸疾，不見東風二月時。

柳絶句

數樹新開翠影齊，倚風情態被春迷。依依故國樊川恨，半掩村橋半拂溪。

早雁

金河秋半虜弦開，雲外驚飛四散哀。仙掌〔一〕月明孤影過，長門〔二〕燈暗數聲來。須知胡騎紛紛在，豈逐春風一一迴？莫厭瀟湘少人處，水多菰米岸莓苔。

選注：

〔一〕仙掌：漢武帝曾于長安建章宫置金人承露盤，以祭仙人，求長生之道。

〔二〕長門：西漢時宫殿名，武帝陳皇后失寵後居于此。

彙評：

清·錢謙益等《唐詩鼓吹評注》：此言秋高弓勁，胡人將開弦以射雁，故驚飛四散而哀鳴也。

《貫華堂選批唐才子詩》：此詩慰諭流客，且安僑寓，時方艱難，未可謀歸也。前解追叙其來，後解婉止其去。

《唐詩箋注》：『仙掌』一聯，語在景中，神游象外，真名句也。

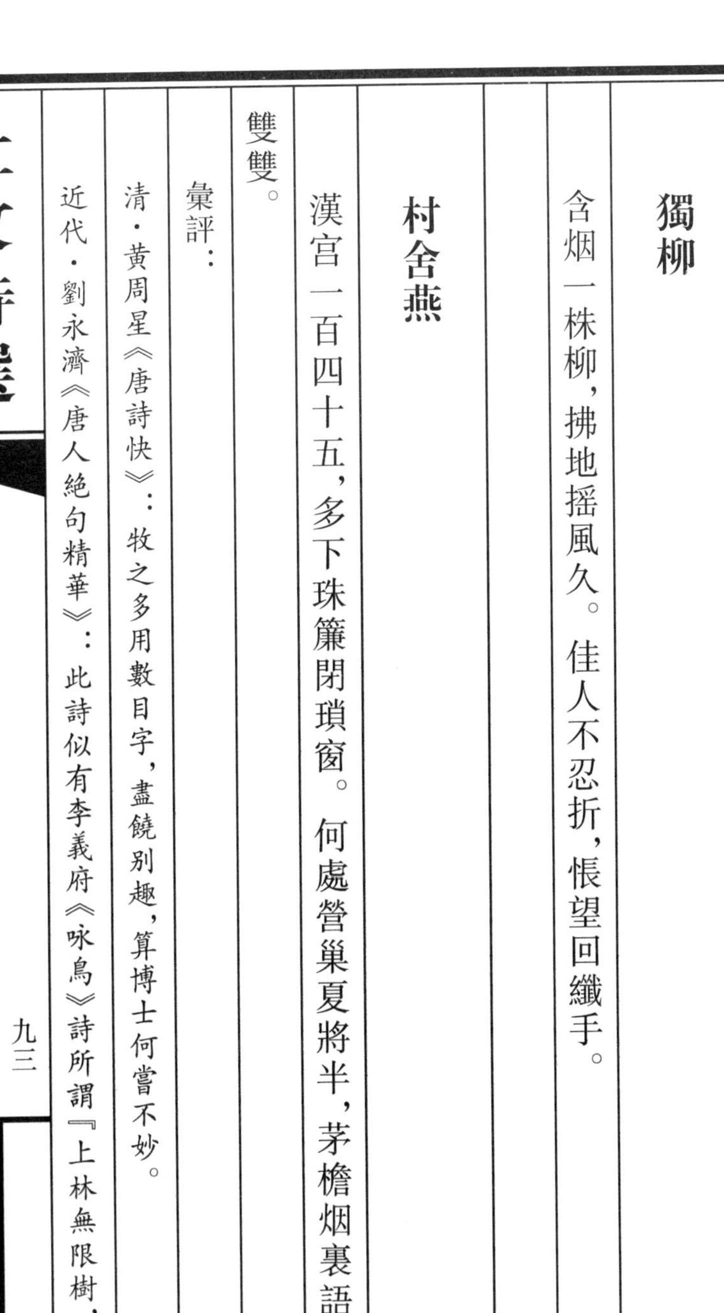

獨柳

含烟一株柳，拂地搖風久。佳人不忍折，悵望回纖手。

村舍燕

漢宫一百四十五，多下珠簾閉瑣窗。何處營巢夏將半，茅檐烟裏語雙雙。

彙評：

清·黄周星《唐詩快》：牧之多用數目字，盡饒別趣，算博士何嘗不妙。

近代·劉永濟《唐人絶句精華》：此詩似有李義府《咏鳥》詩所謂『上林無限樹，

不借一枝栖』之意。但末句寫得有情，不作失意語。昔人謂牧之俊爽，如此詩是也。

鶴

清音迎曉月，愁思立寒蒲。丹頂西施頰，霜毛四皓鬚。碧雲行止躁，白鷺性靈粗。終日無群伴，溪邊吊影孤。

鴉

擾擾復翻翻，黄昏颺冷烟。毛欺皇后髮，聲感楚姬弦。蔓壘盤風下，霜林接翅眠。秖如西旅樣，頭白豈無緣。

歸燕

畫堂歌舞喧喧地，社去社來人不看。長是江樓使君伴，黄昏猶待倚欄干。

還俗老僧

雪髪不長寸，秋寒力更微。獨尋一徑葉，猶挈衲殘衣。日暮千峰裏，不知何處歸。

將赴湖州留題亭菊

陶菊手自種，楚蘭心有期。遥知渡江日，正是擷芳時。

雲

盡日看雲首不回，無心都大是無才。可憐光彩一片玉，萬里晴天何處來？

題禪院

觥船一棹百分空，十歲青春不負公。今日鬢絲禪榻畔，茶烟輕颺落花風。

彙評：

《唐人萬首絶句選評》：寫出才人遲暮不遇，措語蘊藉。

清·翁方綱《石洲詩話》：小杜之才，自王右丞以後，未見其比。其筆力回斡處，亦與王龍標、李東川相視而笑。『少陵無人謫仙死』，竟不意觀此人。祇如『今日鬢絲禪榻畔，茶烟輕颺落花風』『自説江湖不歸事，阻風中酒過年年』，直自開、寶以後，百餘年無人能道，而五代、南北宋以後，亦更不能道矣。此真悟徹漢魏六朝之底蘊者也。

題敬愛寺樓

暮景千山雪，春寒百尺樓。獨登還獨下，誰會我悠悠。

送劉秀才歸江陵

彩服鮮華覲渚宫，鱸魚新熟别江東。劉郎浦夜侵船月，宋玉亭春弄袖風。落落精神終有立，飄飄才思杳無窮。誰人世上爲金口，借取明時一薦雄。

见吴秀才与池妓别，因成绝句

红烛短时羌笛怨，清歌咽处蜀弦高。万里分飞两行泪，满江寒雨正萧骚。

湖南正初招李郢秀才

行乐及时时已晚，对酒当歌歌不成。千里暮山重叠翠，一溪寒水浅深清。高人以饮为忙事，浮世除诗尽强名。看著白蘋牙欲吐，雪舟相访胜闲行。

哭韓綽

平明送葬上都門，紼翣交橫逐去魂。歸來冷笑悲身事，喚婦呼兒索酒盆。

往年隨故府吴興公夜泊蕪湖口，今赴官西去，再宿蕪湖，感舊傷懷，因成十六韵

南指陵陽路，東流似昔年。重恩山未答，雙鬢雪飄然。數仞慚投迹，群公愧拍肩。鴛鷺蒙錦綉，塵土浴潺湲。郭隗黃金峻，虞卿白璧鮮。貔貅環玉帳，鸚鵡破蠻箋。極浦沉碑會，秋花落帽筵。旌旗明迥野，冠佩照神

仙。籌畫言何補，優容道實全。謳謠人撲地，鷄犬樹連天。紫鳳超如電，青襟散似烟。蒼生未經濟，墳草已芊綿。往事唯沙月，孤燈但客船。峴山雲影畔，棠葉水聲前。故國還歸去，浮生亦可憐。高歌一曲淚，明日夕陽邊。

懷鍾陵舊游四首（選三）

一謁征南最少年，虞卿雙璧截肪鮮。歌謠千里春長暖，絲管高臺月正圓。玉帳軍籌羅俊彥，絳帷環佩立神仙。陸公餘德機雲在〔一〕，如我酬恩合執鞭。

選注：

〔一〕陸公句：陸氏爲江東大族，陸機字士衡，陸雲字士龍，皆陸遜之孫。

滕閣中春綺席開〔一〕，《柘枝》〔二〕蠻鼓殷晴雷。垂樓萬幕青雲合，破浪千帆陣馬來。未掘雙龍牛斗氣，高懸一榻棟梁才。連巴控越知何有，珠翠沉檀處處堆。

選注：

〔一〕滕閣句：滕閣即滕王閣，唐滕王元嬰任洪州都督時建，并于此大宴王勃。

〔二〕柘枝：舞蹈名，亦舞曲名，由西域傳入。

十頃平湖堤柳合，岸秋蘭芷緑纖纖。一聲明月采蓮女，四面朱樓卷畫簾。白鷺烟分光的的，微漣風定翠湉湉。斜暉更落西山影，千步虹橋氣象兼。

彙評：

《唐詩箋注》：此賦湖上景色，宛成圖畫，風流俊逸，真是牧之本色。『斜暉』一結，煉句亦奇。

江上雨寄崔碣

春半平江雨，圓文破蜀羅。聲眠篷底客，寒濕釣來蓑。暗澹遮山遠，空濛著柳多。此時懷舊恨，相望意如何。

罷鍾陵幕吏十三年，來泊湓浦，感舊爲詩

青梅雨中熟，檣倚酒旗邊。故國殘春夢，孤舟一褐眠。摇摇遠堤柳，

暗暗十程烟。南奏鍾陵道，無因似昔年。

商山麻澗

雲光嵐彩四面合，柔柔垂柳十餘家。雉飛鹿過芳草遠，牛巷鷄塒春日斜。秀眉老父對樽酒，茜袖女兒簪野花。征車自念塵土計，惆悵溪邊書細沙。

彙評：

清・趙臣瑗《山滿樓箋注唐詩七言律》：此詩字字古樸，字字新穎，又字字美麗；披之如身入桃源，雖竟日坐卧其中，不厭也。

《唐賢清雅集》：樸而彌雅，源出《國風》，非後人好書瑣事可比。

商山富水驛

驛本名與陽諫議同姓名，因此改爲富水驛

益戇由來未覺賢，終須南去吊湘川。當時物議朱雲〔一〕小，後代聲華白日懸。邪佞每思當面唾，清貧長欠一杯錢。驛名不合輕移改，留警朝天者惕然。

選注：

〔一〕朱雲：漢成帝時直臣，嘗斥丞相張禹爲佞臣，帝怒，欲斬之，他攀殿折檻，後幸免。

彙評：

宋·吴聿《觀林詩話》：杜牧之云：『杜若芳州翠，嚴光釣瀨喧』，此以『杜』與『嚴』爲人姓相對也。又有『當時物議朱雲小，後代聲華白日懸』，此乃以『朱雲』對『白日』。皆爲假對。雖以人姓名偶物，不爲偏枯，反爲工也。

題武關

碧溪留我武關東，一笑懷王迹自窮。鄭袖〔一〕嬌嬈酣似醉，屈原憔悴去如蓬。山墻谷塹依然在，弱吐强吞盡已空。今日聖神家四海，戍旗長卷夕陽中。

選注：

〔一〕鄭袖：楚懷王寵姬。曾説動懷王釋放張儀，又讒言放逐屈原。

漢江

溶溶漾漾白鷗飛，緑浄春深好染衣。南去北來人自老，夕陽長送釣船歸。

彙評：

明・顧璘《批點唐音》：晚唐用字雖濃麗，不甚温厚，唯杜牧之似優柔，此作是也。

清・范大士《歷代詩發》：夕陽影裏，烟波淼淼。

襄陽雪夜感懷

往事起獨念，飄然自不勝。前灘急夜響，密雪映寒燈。的的三年夢，迢迢一綫絙。明朝楚山上，莫上最高層。

咏歌聖德，遠懷天寶，因題關亭長句四韵

聖敬文思業太平，海寰天下唱歌行。秋來氣勢洪河壯，霜後精神泰華獰。廣德者强朝萬國，用賢無敵是長城。君王若悟治安論，安史何人敢弄兵？

途中作

緑樹南陽道，千峰勢遠隨。碧溪風澹態，芳樹雨餘姿。野渡雲初暖，

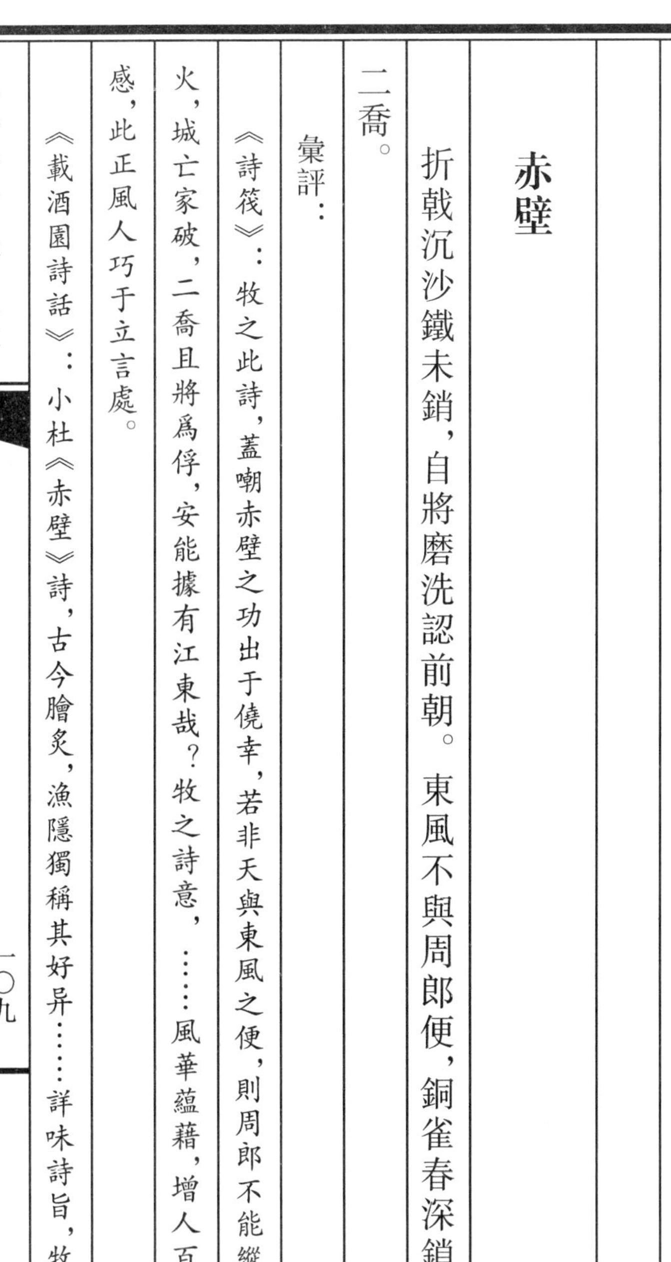

征人袖半垂。殘花不一醉，行樂是何時？

赤壁

折戟沉沙鐵未銷，自將磨洗認前朝。東風不與周郎便，銅雀春深鎖二喬。

彙評：

《詩筏》：牧之此詩，蓋嘲赤壁之功出于僥幸，若非天與東風之便，則周郎不能縱火，城亡家破，二喬且將爲俘，安能據有江東哉？牧之詩意，……風華蘊藉，增人百感，此正風人巧于立言處。

《載酒園詩話》：小杜《赤壁》詩，古今膾炙，漁隱獨稱其好異……詳味詩旨，牧之實有不滿公瑾之意。牧嘗自負知兵，好作大言，每借題自寫胸懷，尺量寸度，豈所以閱神駿于牝牡驪黄之外！

清·沈德潛《唐詩別裁集》：牧之絶句，遠韵遠神。然如《赤壁》詩『東風不與周郎便，銅雀春深鎖二喬』，近輕薄少年語，而詩家盛稱之，何也？

雲夢澤

日旗龍旆想飄揚，一索功高縛楚王〔一〕。直是超然五湖客，未如終始郭汾陽。

選注：

〔一〕一索句：指漢高祖劉邦以出游雲夢爲名，設計擒拿楚王韓信之事。

除官行至昭應，聞友人出官，因寄

賤子來千里，明公去一麾。可能休涕泪，豈獨感恩知。草木窮秋後，山川落照時。如何望故國，驅馬却遲遲？

泊秦淮

烟籠寒水月籠沙，夜泊秦淮近酒家。商女不知亡國恨，隔江猶唱後庭花。

彙評：

清・李鍈《詩法易簡録》：首句寫秦淮夜景。次句點明夜泊，而以「近酒家」三字引起後二句。『不知』二字感慨最深，寄托甚微。通首音節神韻，無不入妙，宜沈歸愚嘆爲絶唱。

《詩境淺説續編》：《後庭》一曲，在當日瓊枝璧月之場，狎客傳箋，纖兒按拍，無愁之天子，何等繁榮。乃同此珠喉清唱，付與秦淮寒夜，商女重唱，可勝滄桑之感……獨有孤舟行客，俯仰興亡，不堪重聽耳。

題桃花夫人廟

細腰宫裏露桃新，脉脉無言幾度春。至竟息亡緣底事？可憐金谷墮樓人。

彙評：

明·敖英《唐詩絶句類選》：此以議論爲詩，訂千古是非，却與宋人聲調自别。

清·趙翼《甌北詩話》：杜牧之作詩，恐流于平弱，故措辭必拗峭，立意必奇辟，多作翻案語，無一平正者，方岳《深雪偶談》所謂『好爲議論，大概出奇立异，以自見其長』也……唯《桃花夫人廟》……以緑珠之死，形息夫人之不死，高下自見，而詞語藴藉，不顯露譏訕，尤得風人之旨耳。

初春有感，寄歙州邢員外

雪漲前溪水，啼聲已繞灘。梅衰未減態，春嫩不禁寒。迹去夢一覺，
年來事百般。聞君亦多感，何處倚欄干？

書懷寄中朝往還

平生自許少塵埃，爲吏塵中勢自迴。朱紱久慚官借與，白頭還嘆老將來。須知世路難輕進，豈是君門不大開。霄漢幾多同學伴，可憐頭角盡卿材。

寄崔鈞

緘書報子玉，爲我謝平津。自愧掃門士，誰爲乞火人。詞臣陪羽獵，戰將騁駢鄰。兩地差池恨，江汀醉送君。

初春雨中舟次和州横江，裴使君見迎，李、趙二秀才同來，因書四韵，兼寄江南許渾先輩

芳草渡頭微雨時，萬株楊柳拂波垂。蒲根水暖雁初浴，梅徑香寒蜂未知。辭客倚風吟暗澹，使君迴馬濕旌旗。江南仲蔚多情調，悵望春陰幾首詩。

和州絶句

江湖醉度十年春，牛渚山邊六問津。歷陽前事〔一〕知何實，高位紛紛見陷人。

選注：

〔一〕歷陽前事：歷陽即和州，今安徽和縣。傳説其城曾一夕變爲湖。

題烏江亭

勝敗兵家事不期，包羞忍耻是男兒。江東子弟多才俊，卷土重來未可知。

彙評：

清·吴喬《圍爐詩話》：詩貴有含蓄不盡之意，尤以不着意見、聲色、故事、議論者爲上……露圭角者，杜牧之《題烏江亭》詩之『勝敗兵家未可期……』是也。然已開宋人門徑矣。

寄揚州韓綽判官

青山隱隱水迢迢，秋盡江南草未凋。二十四橋明月夜，玉人何處教吹簫。

彙評：

《唐詩選脉會通評林》：胡次焱曰：對草木凋謝之秋，思月橋吹簫之夜，寂寞之戀喧嘩，始不勝情。『何處』二字最佳。

《唐人萬首絶句選評》：深情高調，晚唐中絶作，可以媲美盛唐名家。

送薛種游湖南

賈傅松醪酒，秋來美更香。憐君片雲思，一棹去瀟湘。

汴河懷古

錦纜龍舟隋煬帝，平臺複道漢梁王。游人閑起前朝念，折柳孤吟斷殺腸。

汴河阻凍

千里長河初凍時，玉珂瑶珮響參差。浮生恰似冰底水，日夜東流人不知。

酬張祜處士見寄長句四韵

七子論詩誰似公，曹劉須在指揮中。薦衡昔日知文舉，乞火無人作蒯通。北極樓臺長挂夢，西江波浪遠吞空。可憐故國三千里，虚唱歌辭滿六宫。處士詩：故國三千里，深宫二十年，一聲河滿子，雙泪落君前。

寄宣州鄭諫議

大夫官重醉江東，瀟灑名儒振古風。文石陛前辭聖主，碧雲天外作冥鴻。五言寧謝顔光禄，百歲須齊衛武公。再拜宜同丈人行，過庭交分有無同。

題元處士高亭

水接西江天外聲，小齋松影拂雲平。何人教我吹長笛，與倚春風弄月明。

鄭瓘協律

廣文〔一〕遺韻留樗散〔二〕，鷄犬圖書共一船。自說江湖不歸事，阻風中酒過年年。

選注：

〔一〕廣文：唐代文人鄭虔，曾官廣文館博士，擅詩書畫，號『三絶』。

〔二〕樗散：無用之木。此句借指鄭瓘協律落拓江湖，不爲世所用。

送陸滂郎中弃官東歸

少微星動照春雲，魏闕衡門路自分。倏去忽來應有意，世間塵土漫疑君。

遣興

鏡弄白髭鬚，如何作老夫。浮生長匆匆，兒小且嗚嗚。忍過事堪喜，泰來憂勝無。治平心徑熟，不遣有窮途。

秋思

熱去解鉗釱，飄蕭秋半時。微雨池塘見，好風襟袖知。短髮梳未足，枕涼閑且攲。平生分過此，何事不參差。

途中一絶

鏡中絲髮悲來慣，衣上塵痕拂漸難。惆悵江湖釣竿手，却遮西日向長安。

春盡途中

田園不事來游宦，故國誰教爾別離。獨倚關亭還把酒，一年春盡送春時。

題村舍

三樹稚桑春未到，扶床乳女午啼飢。潛銷暗鑠歸何處，萬指侯家自不知。

代人寄遠六言二首

河橋酒旆風軟，候館梅花雪嬌。宛陵樓上瞪目，我郎何處情饒。

綉領任垂蓬鬢，丁香閑結春梢。剩肯新年歸否，江南緑草迢迢。

閨情

娟娟却月眉，新鬢學鵶飛。暗砌匀檀粉，晴窗晝夾衣。袖紅垂寂寞，眉黛斂依稀。還向長陵去，今宵歸不歸。

舊游

閑吟芍藥詩，悵望久顰眉。盼眄迴眸遠，纖衫整髻遲。重尋春晝夢，笑把淺花枝。小市長陵住，非郎誰得知。

寄遠

隻影隨驚雁，單栖鎖畫籠。向春羅袖薄，誰念舞臺風。

簾

徒云逢剪削，豈謂見偏裝。鳳節輕雕日，鸞花薄飾香。問屏何屈曲，憐帳解周防。下漬金階露，斜分碧瓦霜。沉沉伴春夢，寂寂侍華堂。誰見昭陽殿，真珠十二行。

寄題甘露寺北軒

曾上蓬萊宮裏行，北軒欄檻最留情。孤高堪弄桓伊笛〔一〕，縹渺宜聞子晉笙〔二〕。天接海門秋水色，烟籠隋苑暮鐘聲。他年會著荷衣去，不向山僧説姓名。

選注：

〔一〕桓伊笛：桓伊爲東晉時吹笛名手，曾受王徽之邀于上元縣邀笛步吹笛。

〔二〕子晉笙：東周靈王太子晉，即《列仙傳》所稱王子喬，好吹笙，作鳳凰鳴。

彙評：

《五朝詩善鳴集》：此詩佳處在骨力，不在字句之間。

題青雲館

虬蟠千仞劇羊腸，天府由來百二强。四皓有芝輕漢祖，張儀無地與懷王。雲連帳影蘿陰合，枕繞泉聲客夢涼。深處會容高尚者，水苗三頃百株桑。

正初奉酬歙州刺史邢群

翠岩千尺倚溪斜，曾得嚴光〔一〕作釣家。越嶂遠分丁字水〔二〕，臘梅遲見二年花。明時刀尺君須用，幽處田園我有涯。一壑風烟陽羨裏，解龜〔三〕休去路非賒。

選注：

〔一〕嚴光：指東漢嚴子陵，曾拒光武帝之召，于富春山隱居垂釣。

〔二〕丁字水：即浙江東陽江，因形如丁字，故名。

〔三〕解龜：解去所佩的龜紐印綬，即辭官。

江上偶見絶句

楚鄉寒食橘花時，野渡臨風駐彩旗。草色連雲人去住，水紋如縠燕參差。

入商山

早入商山百里雲，藍溪橋下水聲分。流水舊聲人舊耳，此迴嗚咽不堪聞。

送隱者一絕

無媒徑路草蕭蕭，自古雲林遠市朝。公道世間唯白髮，貴人頭上不曾饒。

彙評：

《五朝詩善鳴集》：不磨之作，混入許渾集中。蒼深之氣，斷知非渾是牧。

題張處士山莊一絶

好鳥疑敲磬，風蟬認軋箏。修篁與嘉樹，偏倚半岩生。

贈别二首

娉娉裊裊十三餘，豆蔻梢頭二月初。春風十里揚州路，卷上珠簾總不如。

多情却似總無情，惟覺樽前笑不成。蠟燭有心還惜别，替人垂泪到天明。

彙評：

明·楊慎《升庵詩話》：劉孟熙謂，《本草》云：『豆蔻未開者，謂之含胎花。言少而娠也。』……牧之詩本咏娼女，言其美而且少，未經事人，如豆蔻花之未開耳。此爲風情言，非爲求嗣言也。

《唐詩箋注》：曰『却似』，曰『唯覺』，形容妙矣；下却借蠟燭托寄，曰『有心』，曰『替人』，更妙。

《唐人絶句精華》：此二詩爲張好好作也……此詩有『娉娉裊裊十三餘』句，當是初與好好别時所作。前首言其美麗，後首叙别。『似無情』『笑不成』，正十三齡女兒情態。

九日

金英繁亂拂欄香，明府辭官酒滿缸。還有玉樓輕薄女，笑他寒燕一雙雙。

寄牛相公

漢水橫衝蜀浪分，危樓點的拂孤雲。六年仁政謳歌去，柳遠春堤處處聞。

爲人題贈二首

我乏青雲稱，君無買笑金〔一〕。虛傳南國貌〔二〕，争奈五陵心。桂席塵瑶珮，瓊爐燼水沉。凝魂空薦夢，低珥悔聽琴。月落珠簾卷，春寒錦幕深。誰家樓上笛，何處月明砧。蘭徑飛蝴蝶，筠籠語翠襟。和簪抛鳳髻，將泪入鴛衾。的的新添恨，迢迢絶好音。文園〔三〕終病渴，休咏《白頭吟》〔四〕。

選注：

〔一〕買笑金：古稱文人狎妓所費的錢。隋江總詩：『三五二八佳年少，百萬千金買歌笑。』

〔二〕南國貌：謂南方妙齡美女。南朝宋·鮑照《蕪城賦》：『東都妙姬，南國麗人，蕙心紈質，玉貌絳唇。』

〔三〕文園：指司馬相如，與卓文君婚後，稱病閑居，拜爲孝文園令。

〔四〕白頭吟：《西京雜記》載，司馬相如欲納妾，卓文君作《白頭吟》以自絶，相如乃止。

緑樹鶯鶯語，平江燕燕飛。枕前聞去雁，樓上送春歸。半月縕雙臉，凝腰素一圍。西墻苔漠漠，南浦夢依依。有恨簪花懶，無寥鬥草稀。雕籠長慘澹，蘭畹謾芳菲。鏡斂青蛾黛，燈挑皓腕肌。避人匀迸泪，拖袖倚殘暉。有貌雖桃李，單栖足是非。雲輧載馭去，寒夜看裁衣。

盆池

鑿破蒼苔地，偷他一片天。白雲生鏡裏，明月落階前。

有寄

雲闊烟深樹，江澄水浴秋。美人何處在，明月萬山頭。

江樓晚望

湖山翠欲結蒙籠，汗漫誰游夕照中。初語燕雛知社日，習飛鷹隼識秋風。波摇珠樹千尋拔，山鑿金陵萬仞空。不欲登樓更懷古，斜陽江上正飛鴻。

吴宫詞二首

越兵驅綺羅，越女唱吴歌。宫燼花聲少，臺荒麋迹多。茱萸垂曉露，菡萏落秋波。無遺君王醉，滿城顰翠蛾。

香徑繞吴宫，千帆落照中。鶴鳴山苦雨，魚躍水多風。城帶晚莎緑，池連秋蓼紅。當年國門外，誰信伍員忠？

金陵

始發碧江口，曠然諧遠心。風清舟在鑒，日落水浮金。瓜步逢潮信，臺城過雁音。故鄉何處是，雲外即喬林。

即事

小院無人雨長苔，滿庭修竹間疏槐。春愁兀兀成幽夢，又被流鶯喚醒來。

薔薇花

朵朵精神葉葉柔，雨晴香拂醉人頭。石家錦障依然在，閑倚狂風夜不收。

懷紫閣山

學他趨世少深機，紫閣青霄半掩扉。山路遠懷王子晉，詩家長憶謝元暉。百年不肯疏榮辱，雙鬢終應老是非。人道青山歸去好，青山曾有幾人歸。

中途寄友人

道傍高木盡依依，落葉驚風處處飛。未到鄉關聞早雁，獨于客路授寒衣。烟霞舊想長相阻，書劍投人久不歸。何日一名隨事了，與君同采碧溪薇。

寓言

暖風遲日柳初含，顧影看身又自慚。何事明朝獨惆悵，杏花時節在江南。

懷歸

塵埃終日滿窗前，水態雲容思浩然。争得便歸湘浦去，却持竿上釣魚船。

訪許顔

門近寒溪窗近山，枕山流水日潺潺。長嫌世上浮雲客，老向塵中不解顔。

春日古道傍作

萬古榮華旦暮齊，樓臺春盡草萋萋。君看陌上何人墓，旋化紅塵送馬蹄。

洛中二首（選一）

柳動晴風拂路塵，年年宮闕鎖濃春。一從翠輦無巡幸，老却蛾眉幾許人。

邊上聞胡笳三首（選一）

胡雛吹笛上高臺，寒雁驚飛去不回。盡日春風吹不散，衹因分付客愁來。

別懷

相別徒成泣，經過總是空。勞生慣離別，夜夢苦西東。去路三湘浪，歸程一片風。他年寄消息，書在鯉魚中。

漁父

白髮滄浪上，全忘是與非。秋潭垂釣去，夜月叩船歸。烟影侵蘆岸，潮痕在竹扉。終年狎鷗鳥，來去且無機。

秋夢

寒空動高吹，月色滿清砧。殘夢夜魂斷，美人邊思深。孤鴻秋出塞，一葉暗辭林。又寄征衣去，迢迢天外心。

秋晚江上遣懷

孤舟天際外，去路望中賒。貧病遠行客，夢魂多在家。蟬吟秋色樹，鴉噪夕陽沙。不擬徹雙鬢，他方擲歲華。

長安夜月

寒光垂静夜，皓彩滿重城。萬國盡分照，誰家無此明。古槐疏影薄，仙桂動秋聲。獨有長門裏，蛾眉對曉晴。

彙評：

《五朝詩善鳴集》：日月無私照，寫得廣大。如此杰作，足以籠罩群英。

春懷

年光何太急，倏忽又青春。明月誰爲主，江山暗换人。鶯花潛運老，榮樂漸成塵。遥憶朱門柳，别離應更頻。

金谷園

繁華事散逐香塵，流水無情草自春。日暮東風怨啼鳥，落花猶似墜樓人〔一〕。

選注：

〔一〕墜樓人：指西晋石崇的寵妾緑珠。趙王黨羽孫秀垂涎緑珠之美貌，求之不得，乃捕石崇，緑珠因自墜樓而死。

彙評：

《詩境淺説續編》：前三句景中有情，皆含憑吊蒼凉之思。四句以花喻人，以『落花』喻『墜樓人』，傷春感昔，即物興懷，是人是花，合成一凄迷之境。

隋宫春

龍舟東下事成空，蔓草萋萋滿故宫。亡國亡家爲顔色，露桃猶自恨春風。

江樓

獨酌芳春酒，登樓已半醺。誰驚一行雁，衝斷過江雲。

彙評：

《唐詩箋注》：獨酌傷春，登樓自遣，忽驚斷雁，又觸愁腸，神隨遠望，情緒彌深。

祇以『獨酌』二字領起，妙。

旅宿

旅館無良伴，凝情自悄然。寒燈思舊事，斷雁警愁眠。遠夢歸侵曉，家書到隔年。湘江好烟月，門繫釣魚船。

聞蟬

火雲初似滅，曉角欲微清。故國行千里，新蟬忽數聲。時行仍仿佛，度日更分明。不敢頻傾耳，唯憂白髮生。

題吳興消暑樓十二韻

晴日登攀好，危樓物象饒。一溪通四境，萬岫繞層霄。鳥翼舒華屋，魚鱗棹短橈。浪花機乍織，雲葉匠新雕。臺榭羅嘉卉，城池敞麗譙〔一〕。蟾蜍來作鑒，蝃蝀引成橋。燕任隨秋葉，人空集早潮。楚鴻行盡直，沙鷺立偏翹。暮角淒游旅，清歌慘泬寥〔二〕。景牽游目困，愁托酒腸銷。遠吹流松韵，殘陽渡柳橋。時陪庾公賞，還悟脱煩囂。

選注：

〔一〕麗譙：壯美的高樓。譙，古代城門上所建樓，用于瞭望。

〔二〕泬寥：空虚幽静，開闊清朗。

南陵道中

南陵水面漫悠悠，風緊雲輕欲變秋。正是客心孤迥處，誰家紅袖憑江樓？

彙評：

《唐賢小三昧集續集》：近人有以詩意入畫者，恐未能盡其風景之妙。

《詩境淺説續編》：此詩純以輕秀之筆，達宛轉之思。首句咏南陵，已有慢櫓開波之致。次句咏江上早秋，描寫入妙。後二句尤神韻悠然。

歸家

稚子牽衣問，歸來何太遲？共誰爭歲月，贏得鬢邊絲？

咏襪

鈿尺裁量減四分，纖纖玉笋裹輕雲。五陵年少〔一〕欺他醉，笑把花前出畫裙。

選注：

〔一〕五陵年少：謂京城長安的富家子弟。五陵指長陵等漢代五個皇帝的陵墓，爲當時富豪聚居之地。

宮詞二首

蟬翼輕綃傅體紅，玉膚如醉向春風。深宮鎖閉猶疑惑，更取丹沙試辟宮。

監宮引出暫開門，隨例須朝不是恩。銀鑰却收金鎖合，月明花落又黄昏。

彙評：

宋·胡仔《苕溪漁隱叢話》：此絶句極佳，意在言外，而幽怨之情自見，不待明言之也。詩貴乎如此，若使人一覽而意盡，亦何足道哉！

《唐詩摘鈔》：情在景中。眼中看不得，在『銀鑰却收金鎖合』七字；心下過不得，在『月明花落又黄昏』七字。可謂極盡怨女之情者矣。

月

三十六宮秋夜深，昭陽歌斷信沉沉。唯應獨伴陳皇后，照見長門望幸心。

閨情代作

梧桐葉落雁初歸，迢遞無因寄遠衣。月照石泉金點冷，鳳酣簫管玉聲微。佳人刀杵秋風外，蕩子從征夢寐希。遙望戍樓天欲曉，滿城鼙鼓〔一〕白雲飛。

選注：

〔一〕琴鼓：即街鼓，唐時京師街衢置鼓于小樓之上，以警昏曉。

遣懷

落魄江湖載酒行，楚腰〔一〕纖細掌中輕〔二〕。十年一覺揚州夢，贏得青樓薄幸名。

選注：

〔一〕楚腰：指美女的細腰。傳説楚靈王好細腰，宫人多餓死。

〔二〕掌中輕：《飛燕外傳》載，漢成帝皇后趙飛燕『體輕，能爲掌上舞』。

彙評：

五代・高彦休《唐闕史》：牧少雋，性疏野放蕩，雖爲檢刻，而不能自禁。會丞相牛僧孺出鎮揚州，辟節度掌書記。牧供職之外，唯以宴游爲事。

《唐人絶句精華》：才人不得見重于時之意，發爲此詩，讀來但見其傲兀不平之態。世稱杜牧詩情豪邁，又謂其不爲齪齪小謹，即此等詩可見其概。

嘆花

自恨尋芳到已遲，往年曾見未開時。如今風擺花狼藉，緑葉成陰子滿枝。

題劉秀才新竹

數莖幽玉色，曉夕翠烟分。聲破寒窗夢，根穿綠蘚紋。漸籠當檻日，欲礙入簾雲。不是山陰客，何人愛此君。

山行

遠上寒山石徑斜，白雲生處有人家。停車坐愛楓林晚，霜葉紅于二月花。

彙評：

《唐詩摘鈔》：次句承上『遠』字説，此未上時所見；三、四則既上之景。詩中有

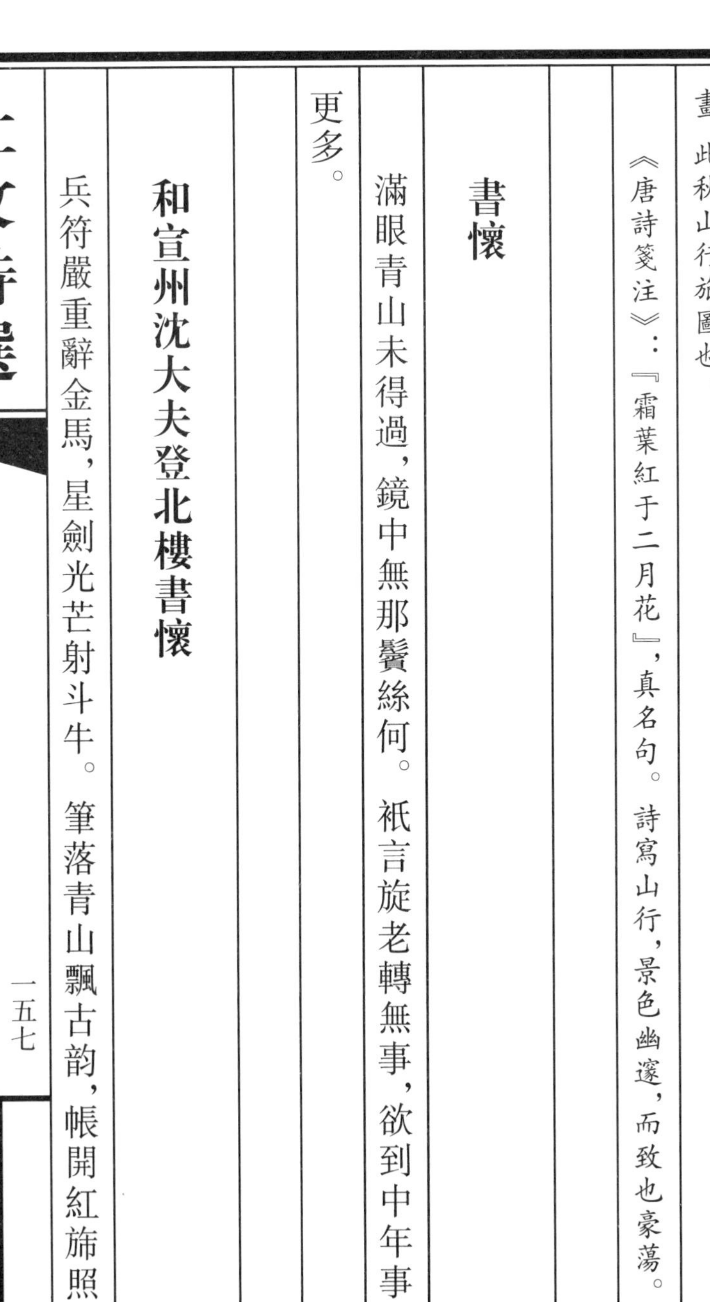

畫，此秋山行旅圖也。

《唐詩箋注》：『霜葉紅于二月花』，真名句。詩寫山行，景色幽邃，而致也豪蕩。

書懷

滿眼青山未得過，鏡中無那鬢絲何。祇言旋老轉無事，欲到中年事更多。

和宣州沈大夫登北樓書懷

兵符嚴重辭金馬，星劍光芒射斗牛。筆落青山飄古韵，帳開紅旆照高秋。香連日彩浮綃幕，溪逐歌聲繞畫樓。可惜登臨佳麗地，羽儀須去鳳池游。

酬王秀才桃花園見寄

桃滿西園淑景催，幾多紅艷淺深開。此花不逐溪流出，晉客無因入洞來。

秋夕

銀燭秋光冷畫屏，輕羅小扇撲流螢。天階夜色涼如水，卧看牽牛織女星。

彙評：

《注解選唐詩》：此詩爲宫中怨女作也。牽牛織女，一年一會，秦宫人望幸，至有三十六年不得見者。『卧看牽牛織女星』，隱然説一生不蒙幸，願如牛女一夕之會，亦不可得。怨而不怒，真風人之詩。

近代·王文濡《唐詩評注讀本》：此宫中秋怨詩也，自初夜寫至夜深，層層繪出，宛然爲宫人作一幅幽怨圖。

瑶瑟

玉仙瑶瑟夜珊珊，月過樓西桂燭殘。風景人間不如此，動摇湘水徹明寒。

聞角

曉樓烟檻出雲霄，景下林塘已寂寥。城角爲秋悲更遠，護霜雲破海天遥。

破鏡

佳人失手鏡初分，何日團圓再會君。今朝萬里秋風起，山北山南一片雲。

牧陪昭應盧郎中在江西宣州，佐今吏部沈公幕，罷府周歲，公宰昭應，牧在淮南縻職，敘舊成二十二韻，用以投寄

燕雁下揚州，涼風柳陌愁。可憐千里夢，還是一年秋。宛水環朱檻，章江敞碧流。謬陪吾益友，祇事我賢侯。印組〔一〕縈光馬，鋒鋩看解牛。井閭安樂易，冠蓋愜依投。政簡稀開閤，功成每運籌。送春經野塢，遲日上高樓。玉裂歌聲斷，霞飄舞帶收。泥情斜拂印，别臉小低頭。日晚花枝爛，釭凝粉彩稠。未曾孤酩酊，剩肯隻淹留。重德俄徵寵，諸生苦宦游。分途之絶國，灑泪拜行輈〔二〕。聚散真漂梗，光陰極轉郵。銘心徒歷歷，屈指盡悠悠。君作烹鮮用，誰膺仄席〔三〕求？卷懷能憤悱，卒歲且優游。去

矣時難遇，沽哉價莫酬。滿枝爲鼓吹，衷甲避戈矛。隋帝宮荒草，秦王土一丘。相逢好大笑，除此總雲浮。

選注：

〔一〕印組：印綬。組，寬絲帶。

〔二〕輈（音舟）：車轅。古稱大車左右兩木直而平者謂之轅，小車居中一木曲而上者謂之輈。

〔三〕仄席：側坐。形容禮賢下士。

宣州開元寺贈惟真上人

曾與徑山爲小師，千年僧行衆人知。夜深月色當禪處，齋後鐘聲到講時。經雨緑苔侵古畫，過秋紅葉落新詩。勸君莫厭江城客，雖在風塵别有期。

不寝

到晚不成夢，思量堪白頭。多無百年命，長有萬般愁。世路應難盡，營生卒未休。莫言名與利，名利是身仇。

秋日

有計自安業，秋風罷遠吟。買山惟種竹，對客更彈琴。烟起藥厨晚，杵聲松院深。閑眠得真性，惆悵舊時心。

卜居招書侶

憶昨未知道，臨川每羨魚。世途行處見，人事病來疏。微雨秋栽竹，孤燈夜讀書。憐君亦同志，晚歲傍山居。

秋霽寄遠

初霽獨登賞，西樓多遠風。横烟秋水上，疏雨夕陽中。高樹下山鳥，平蕪飛草蟲。唯應待明月，千里與君同。

秋晚懷茅山石涵村舍

十畝山田近石涵，村居風俗舊曾諳。簾前白艾驚春燕，籬上青桑待晚蠶。雲暖采茶來嶺北，月明沽酒過溪南。陵陽秋盡多歸思，紅樹蕭蕭覆碧潭。

新柳

無力摇風曉色新，細腰争妒看來頻。緑蔭未覆長堤水，金穗先迎上苑春。幾處傷心懷遠路，一枝和雨送行塵。東門門外多離别，愁殺朝朝暮暮人。

雁

萬里銜蘆别故鄉，雪飛雨宿向瀟湘。數聲孤枕堪垂泪，幾處高樓欲斷腸。度日翩翩斜避影，臨風一一直成行。年年辛苦來衡岳，羽翼摧殘隴塞霜。

惜春

花開又花落，時節暗中遷。無計延春日，何能駐少年。小叢初散蝶，高柳即聞蟬。繁艷歸何處，滿山啼杜鵑。

附：

舊唐書本傳

杜牧，字牧之。既以進士擢第，又制舉登乙第，解褐宏文館校書郎，試左武衛兵曹參軍。沈傳師廉察江西宣州，辟牧爲從事，試大理評事；又爲淮南節度推官、監察御史裏行，轉掌書記，俄真拜監察御史，分司東都。以弟顗病目，弃官。授宣州團練判官、殿中侍御史内供奉。遷左補闕、史館修撰，轉膳部、比部員外郎，并兼史職。出牧黄、池、睦三郡，復遷司勳員外郎、史館修撰，轉吏部員外郎。又以弟病免歸。授湖州刺史，入拜考功郎中，知制誥。歲中，遷中書舍人。牧好讀書，工詩，爲文嘗自負經緯才略。武宗朝，誅昆夷、鮮卑，牧上宰相書，論兵事。言胡戎入寇，在秋冬之間，盛夏無備，宜五六月中擊胡爲便。李德裕稱之。注曹公所定《孫武十三篇》，行于代。牧從兄悰，隆盛于時，牧居下位，心嘗不樂。將及知命，得病，自爲墓誌、祭文。又嘗夢人告曰：『爾改名畢。』逾月，奴自家來，告曰：『炊將熟而甑裂。』牧曰：『皆不祥也。』俄又夢書行紙曰：『皎皎白駒，在彼空谷。』寤，寢而嘆曰：『此過隙也。吾生于角，徵還于角，爲第八宫，吾之甚厄也。予自湖守遷舍人，木還角，足矣。』其年以疾終于安仁里，年五十。有集二十卷，曰《杜氏樊川集》，行于代。子德祥，官至丞郎。

唐書本傳

杜牧，字牧之，善屬文。第進士，復舉賢良方正。沈傳師表爲江西團練府巡官，又爲牛僧孺淮南節度府掌書記。擢監察御史，移疾，分司東都。以弟顗病，弃官。復爲宣州團練判官，拜殿中侍御史内供奉。是時，劉從諫守澤潞，何進滔據魏博，頗驕蹇不循法度。牧追咎長慶以來朝廷措置亡術，復失山東，鉅封劇鎮，所以繫天下輕重，不得承襲輕授，皆國家大事，嫌不當位而言，實有罪，故作《罪言》。其辭曰：『生人常病兵，兵祖于山東，羨于天下。不得山東，兵不可去。山東之地，禹畫九土曰冀州，舜以其分太大，離爲幽州、爲并州。程其水土，與河南等，常重十一二，故其人沈鷙，多材力，重許可，能辛苦。魏晉以下，工機纖雜，意態百出，俗益卑弊，人益脆弱，唯山東敦五種，本兵矢，他不能蕩而自若也。産健馬，下者日馳二百里，所以兵常當天下。冀州，以其恃强不循理，冀其必破弱；雖已破，冀其復强大也。并州，力足以并吞也。幽州，幽陰慘殺也。聖人因以爲名。黄帝時，蚩尤爲兵階，自後帝王多居其地。自周劣齊霸，不一世晋大，常傭役諸侯。至秦，萃鋭三晋，經六世乃能得韓，遂折天下脊；復得趙，因拾取諸國。韓信聯齊有之，故蒯通知漢、楚輕重在信。光武始于上谷，成于鄗。魏武舉官渡，三分天下有其二。晋亂胡作，至宋武號英雄，得蜀，得關中，盡有河南地，十分天下之八，然不能使一人渡河以窺胡。至高齊荒蕩，宇文取之，隋文因以滅陳，五百年間，天下乃一家。隋文非宋武敵也，是宋不得山東，隋得山東，故隋爲王，宋爲霸。由此言之，山東王者不得不爲王，霸者不得不爲霸，猾賊得之，足以致天下不安。

天寶末，燕盜起，出入成皋、函、潼間，若涉無人地。郭、李輩兵五十萬，不能過鄴。自爾百餘城，天下力盡，不得尺寸，人望之若回鶻、吐蕃，義無敢窺者。國家因之畦河修障戍，塞其街蹊。齊、魯、梁、蔡，被其風流，因以爲寇。以裏拓表，以表撐裏，混澒回轉，顛倒横邪，未嘗五年間不戰。生人日頓委，四夷日昌熾，天子因之幸陝，幸漢中，焦焦然七十餘年。運遭孝武，澣衣一肉，不畋不樂，自卑冗中拔取將相，凡十三年，乃能盡得河南、山西地，洗削更革，罔不能適。唯山東不服，亦再攻之，皆不利。豈天使生人未至于帖泰邪？豈人謀未至邪？何其艱哉！今日天子聖明，超出古昔，志于平治。若欲悉使生人無事，其要先去兵。不得山東，兵不可去。今者，上策莫如自治。何者？當貞元時，山東有燕、趙、魏叛，河南有齊、蔡叛，梁、徐、陳、汝、白馬津、盟津、襄、鄧、安、黄、壽春，皆戍厚兵十餘所，才足自護治所，實不輟一人以他使，遂使我力解勢弛，熟視不軌者無可奈何。階此，蜀亦叛，吳亦叛，其他未叛者，迎時上下，不可保信。自元和初至今二十九年間，得蜀，得吳，得蔡，得齊，收郡縣二百餘城，所未能得，唯山東百城耳。土地人户，財物甲兵，較之往年，豈不綽綽乎亦足自以爲治也。法令制度，品式條章，果自治乎？賢才奸惡，搜選置舍，果自治乎？障戍鎮守，干戈車馬，果自治乎？井閭阡陌，倉廩財賦，果自治乎？如不果自治，是助虜爲虜。環土三千里，植根七十年，復有天下陰爲之助，則安可以取？故曰：上策莫如自治。中策莫如取魏。魏于山東最重，于河南亦最重。魏在山東，以其能遮趙也。既不可越魏以取趙，固不可越趙以取燕。是燕、趙常取重于魏，魏常操燕、趙之命，故魏在山東最重。黎陽距白馬津三十里，新鄉距盟津一百五十里，陴壘相望，朝駕暮戰，是二津，虜能潰一，則馳入成皋，不數日間。故魏于河南亦最重。元和中，舉天下兵誅蔡，誅齊，頓之五年，無山東憂者，以能得魏也；昨日誅滄，頓之三年，無山東憂，亦以能得魏也。長慶初誅趙，一日五諸侯兵四出潰解，以失魏也；昨日誅趙，罷如長慶時，亦以失魏也。故河南、山東之輕重在魏，非魏强大，地形使然也。故曰：取魏爲中策。最下策爲浪戰，不計地勢，不審攻守是也。兵多粟多，驅人使戰者，便于守；兵少粟少，人不驅自戰者，便于戰。故我常失于戰，虜常困于守。山東叛且三五世，後生所見，言語舉止，無非叛也，以爲事理正當如此，沉酣入骨髓，無以爲非者。至有圍急食盡，啖尸以戰。以此爲俗，豈可與決一勝一負哉？自十餘年來凡三收趙，食盡且下。郗士美敗，趙復振；杜叔良敗，趙復振；李聽敗，趙復振。故曰：不計地勢，不審攻守，爲浪戰，最下策也。』

累遷左補闕、史館修撰，改膳部員外郎。宰相李德裕素奇其才。會昌中，黠戛斯破回鶻，回鶻種落潰入漠南，牧説德裕不如遂取之，以爲：『兩漢伐虜，常以秋冬，當匈奴勁弓折膠，重馬免乳，與之相校，故敗多勝少。今若以仲夏發幽、并突騎及酒泉兵，出其意外，一舉無類矣。』德裕善之。會劉稹拒命，詔諸鎮兵討之，牧復移書于德裕，以河陽西北去天井關强百里，用萬人爲壘，窒其口，深壁勿與戰。成德軍世與昭義爲敵，王元逵思一雪以自奮，然不能長驅徑擣上黨，其必取者在西面。今若以忠武、武寧兩軍，益青州精甲五千、宣潤弩手二千，道絳而入，不數月，必覆賊巢。昭義之食，盡仰山東，常日節度使率留食邢州，山西兵單少，可乘虚襲取。故兵聞拙速，未睹巧之久也。俄而澤潞平，略如牧策。歷黄、池、睦三州刺史，入爲司勛員外郎，常兼史職。改吏部，復乞爲湖州刺史。

逾年，以考功郎中知制誥，遷中書舍人。

牧剛直有奇節，不爲齪齪小謹，敢論列大事，指陳病利尤切至。少與李甘、李中敏、宋邧善，其通古今，善處成敗，甘等不及也。牧亦以疏直，時無右援者。從兄悰，更歷將相，而牧困躓不自振，頗怏怏不平。卒，年五十。初，牧夢人告曰：『爾應名畢。』復夢書『皎皎白駒』字，或曰：『過隙也。』俄而炊甑裂，牧曰：『不祥也。』乃自爲墓誌，悉取所爲文章焚之。

牧于詩，情致豪邁，人號爲『小杜』，以別杜甫云。